半笔海水

蒋汉阳 编

北京出版集团公司

北京十月文艺出版社

摧残，也早已不能用了。

又约莫十年光景，说起孔乙己，只晓得再也没人见过他，好像每天就这么闷在家里，也不知是否还活着。

再之后，第一名落榜政策也取消了，连高考也一并取消了，大学招生政策一改再改，咸亨中学往往能迅速转变策略成功回应，但有那么几年处理得稍有不当，遭遇了一连数年的滑铁卢。至于孔乙己这个校史上前无古人后无来者的高考状元，没人再提及他了。

这是一篇很让人意外的小说，故事人物以及故事来源的咸亨学校的孔乙己，都叫人耳目一新。而且，也或多少把笔下孔乙己与鲁迅的孔乙己写出了血脉——愿的性格的联系。
唯一让觉得文字太干了些，没有那种好的温润的诗的味道。仍然很好！

　　漂泊在外，他吃過很多苦，這種關頭，他只有苦笑一聲，告訴自己：就
當我是在為父親所做的一切，贖罪好了。

　　這就是我們的故事。

　　如果我是這個故事的作者，我一定會給徐明這樣的結局：

　　徐明平安歸家，父親痛改前非，一家人從此過上平安喜樂的生活。

　　可我終究無能為力，生活才是那個無情的書寫者。

　　文軒離開的時候，從衣服口袋裡掏出了一個小東西給我。

　　"這是我哥一直留在身邊的。"他低頭說，"他失蹤後，我把它從出租屋裡
帶走了。"

　　我的手心裡，躺著一枚淡藍色的塑料瓶蓋。

　　"我哥說，這是他唯一喜歡過的女生送給他的，我想那個人是你。"文軒
說，"我不是個好孩子，當初還弄到我哥親戚們的聯系方式，以他的名義找他
們要錢。害得他們千里迢迢趕來找我哥，我們又被逼搬家。"

　　我恍然大悟，原來那天的貂皮女人，是這樣的來歷。

　　可一切終將太遲。徐明留給我的一切，只剩下這枚瓶蓋。

　　淡淡的藍，依雲之藍。也許他會一直記得，我在那個夏天追上他，將這
瓶礦泉水塞給他的情景。

　　那是不是他一生中最美好的畫面呢？

　　對我來說，是的。

　　成長如此兵不血刃，此後漫長的一生才可以泰然面對。

　　我没有阅读"言情"或说"网络"的小说经验，但我知道
这篇依云之蓝以或多或少有那样的成份。尽管如此，我很喜
欢。因为，作者是有许多的"写作经验"，她把故事讲得那么纯洁、
那么动人，那么一滴一滴地动人心。四个青年及少年各有心思、
性格。带有"网络语言"句式一叙述，一层一层地展开故事的主旨、
人物的内心。这些和别的，和同学们不一样的写作态度、追求。

　　我没有定规，也许我们偏爱所谓的"纯文学"、"严肃文学"
是一种偏食、错觉。怎么能说金庸不是一种成功，怎么能说纯
粹的言情不是文学的一种。至少，它是从这个角度说，也同样是一篇很得
之作。

但还是有不一样的地方。像她说的"小确幸"。是细枝末节的差别使每一天变的如此不同，是和你擦肩而过的不同人让你的每一个问候都变得特别。

菜单换了很多次，可是我却始终没有把杨枝甘露移出菜单。

那个注意到"甘"和"金"差别的小女孩已经长大，此时此刻，应该在各种报表和数据忙的焦头烂额吧。

但生活不是一直糟糕的，也不是一成不变的。她比我提前太多明白这个道理，我只希望她不要忘掉。

谢谢谢谢你，孙总编，你让我读到了这么一篇"生活"的小说。她写简洁似断非断，似疏似密。让人物归于生活，让生活最无庸束的部分呈出人生的意味来。也许，你写的才是最人生、最生活的一个部分。

也许，再短一些，小说会更有节奏感。但这不重要，重要的是你们触到了生活与人生。生活与文学的某种中庸关系。

換來的，只有隱隱作痛的雙手。

她累了，無力地躺在地板上，沁涼的寒意從她的背傳到她的心裡。不自覺地，她的眼眶濕了，一顆顆淚珠順著她的臉頰滑落，滴在嘴角上，頸上，地板上。不僅是淚水，鼻涕亦佈滿她的臉。她知道現在的自己一定極其噁心，可是沒關係，反正沒有人在意。她大口大口地喘氣，試著平靜自己。可是她看見身上的紅疹開始蔓延至臉上，凸出的紅疹彷如在她身上繪成獨特的地圖，折磨的痕癢感使她忍不住拼命搔癢。

她覺得好疲憊。她需要停止被病纏繞而好好休息一回。她一連吃了三顆張醫生開的安眠藥，平靜地睡去。

（七）

窗外透出泛黃的燈光，她醒來的時候已是黃昏，伴隨著撕裂般的頭痛。她搞不清楚自己到底昏睡了多久，卻只覺得冷。驀地，她覺得自己需要擁抱，需要溫暖。她拖著沉重的下半身，緩緩地走到窗邊。

此時，耳邊恰似奏著浪漫的古典音樂。她面帶微笑，從昏眩中看見了一個黑色的身影，一個男人的身影。那片身影份外孤獨。她想他捧著她的臉說：「一切都會好的。」

也許，他需要她，如同她需要他一樣。

倏忽，她匆忙地跑到家樓下，像失去理智的狗般橫衝直撞，尋求同類。怎料，映進眼簾的只有漆黑的街頭與寂寞的晚燈，還有陌生男子遺留的煙蒂。她拾起煙蒂，點燃餘下的香煙。在這墳墓般安靜的夜，吸吮著無法張揚的情感，呼出了淚。

這是篇非常富寄意的短小說。人物、故事、思想都有許多地方值之處。但在敍述的節奏上，說她不夠注意，也許這是為了閱讀的細緻所致。而其中故事的一些轉折，也可以更為緊湊的一些。

目录

别味浓郁（序）

　　没有想到会产生这样一本小说集，一如除了自己的写作，从未想到会去"教"人写作。世事总是在不料中生发和堆积。世界就是从不料中开始也将在不料中结束吧。没有料到我在命运的路口，中国人民大学的同人贤人，会在我犹豫彷徨的困惑间，为我打开一道光亮的门扉，让我如期而至，成为一名所谓的老师。因此我内心惶惶，终日愧愧，羞惭感从未自内心减缓和消失。然而，世界就是这样；命运也就是这样。犹如将错就错，一错再错，三二一的，就又在人大做起了创造性写作的研究生班，使那些才华杰俊的青年作家们，都可以聚在中关村 59 号的大学校园，日日地谈论文学，纯粹人生。我知道我很少教给他们什么。我也知道我从他们身上得到了许多许多。所谓的作家，其实就是特别知道怎样从他人、他物和世界上摄取什么的一个行当。于是，三错四错，误上加误，我又被香港的科技大学聘为"冼为坚客座文化教授"——教授写作。香港西贡，名为清水湾的一个地方，那儿依山傍水，湾海碧涛，天空、老师和学生，都好到无以言说。因为博学中西的刘再复先生，连续几年在那里耕作人文，尤其是文学与写作，所以，我到那儿，无非是去他的垦田观光摘果，尽享其成。如同到了季节，种植的人因故走了，而我到那儿替他人收获，却把所有的果子都收获到了自己家里一样。

三十几个正式的学生，本来就是科技大学最好最正的文根生源，加上旁听的又有三十余人，那些科大和科大之外香港他校他地的人，少则年仅二十，老则七十余岁，每周每周，大家相聚相悦，谈论文学，尝试写作，共同读书，相互品评。他们中间，多为香港的孩子，余皆为内地考生，读本读研，再或读博，是彼此而又没有彼此的同笔同宿，如同一块文学乌托邦的桃源圣地。在一个季节——一个学期之后，这些完全理工科的杰俊青年，把所谓"作业"的每人一篇小说交上之后，尽管可以从中读出了许多写作的嫩点稚处，可也还是让我对许多好的小说篇什，愕然到了难料，惊诧到了无言。不能相信，也不敢相信，他们中间竟有多人多篇，写得老道纯熟，模样端正到让人难以正视。其故事无论是取材于香港社会的热事冷情，还是内地文化与港人的不解相撞，再或写港外人生，海边点滴，现实的生存，远古的悠思，甚或为白云剑侠、动物植物，青春成长或两性不解，那故事构置、讲述之道、文笔语言和作品之思，都令人意外，别味浓郁。由此想到，此前多年根深蒂固到脑里的大家对理工生的人文偏见，想到内地人对香港文化早有的傲慢议论，于是，就有了那种无知的羞惭生升上来，如同认错了人后的自愧和歉疚，也如同以为陌生，却原是亲缘的熟知而使自己有着不退的喜悦。没有内外，不分彼此，就那么内心欢愉地编了这本《半笔海水——香港大学生小说选》，试着给北京十月文艺出版社的赵雪芹女士读读看看，没料到也就得到了她和韩敬群总编辑及其他同人的中肯与认同，使得在港大学生的文学创作，首次与内地读者有了交流互感的机会；有了彼此阅读的信任、了解和鼓励；有了大家可以以文学的名义，在华语之下，共同的谈论与写作。

为此，要深深地感谢北京十月文艺出版社。

为此，更要深深地感谢，香港科技大学和其他在港大学生们对华文写作执着的爱！

阎连科

2016 年 11 月 27 日

本书中所收录作品均由当代著名作家阎连科先生点评。

困井

龙
嘉

一场突如其来的大地震，把他们彻底关在了这个电梯里。

　　所幸电梯本就停在一楼，短暂的下坠只对他们造成了轻伤。

　　"该死，"一个青年穿着黑色 T 恤，脚踩一双看起来有些年头的拖鞋，裤子垮到臀部，双手扶着刚刚好像被撞到的额头，大声说道，"这该死电梯怎么突然坏掉了？"

　　"应该是地震了。"一个看起来柔弱的女孩说道，她睁大了双眼，看起来是受到了惊吓。

　　"地……地震？我还是第一次经历地震，天啊，我还不想这么早死。"一个穿着白衬衫的青年蹲在地上，抱紧了自己的头，开始号啕大哭。

　　"你一个大男人哭什么，女孩子都比你坚强。"黑色衣服的男子边说边按着电梯的紧急呼叫键。当然，没有任何反应。他随即看了看电梯的顶部，找到了什么出口的样子，用雨伞随意地捅了捅，然后拍了拍手，低头嘟囔了句什么，转身对白衬衫男孩说道，"哎，那边那个，别哭了，来帮我一把，这里有个小缺口应该可以撬开爬出去。"

"我……我们还是等着人来救我们吧。"白衬衫男生整了整自己的衬衫。

"该死。"黑衣服男生低头咒骂了一句，又开始尝试弄开天花板。

过了不知多久，黑衣服男生发觉自己也累了，瘫坐下来，三个人第一次面对面，欲言又止着。

"我这里有点吃的，不如我们分一下。"女孩拿着还有余温的西多士，撕下来两块递给了旁边的两个男生。三个人想必是饿了，都大口大口地吃了起来。三个人也因此开始聊了起来。

"你们为什么会来这里呢？为什么会搭这部电梯呢？"女孩子首先发问了。

"我是因为答应了妈妈今天跟她吃庆生饭，没错，今天是我的生日，却发生这样的事，真是倒霉透顶了。"白衬衫男子说道。

"我没什么目的，就瞎逛到这附近才搭了电梯。"黑衣服男子回答道。

"我是因为要赶去学校上课，每天都会经过这里，没想到，没想到居然地震了。"女孩子也应和道。

"你们打算怎么离开这个地方？我是说，我们不应该就这样放弃希望。"

"我……我试了一下，手机一直没有信号，打紧急电话也拨不出去，是不是不会有人知道我们被困在了这里？天啊，不，我的朋友家人一定会发现我消失了的，他们一定会想尽办法找到我的。"白衬衫男子说完，又整理了整理自己的衬衫。

"可我们不知道现在外面是什么情况啊，该不会……该不会只有我们还活着吧？"女孩子声音有点颤抖了。

黑衣服男生沉默了一阵，"既然不知道外面什么情况，不如合力把天花板打开一个口，我们一起逃出去？靠别人救不知道要什么时候。"

白衬衫男生握紧了手机，"不，一定会有人来救我的，天知道你们能不能爬出去，还是不要了。"

女孩子抿嘴沉思了一会儿，说道："我包里还剩一些食物和水，大家撑过这两天应该是可以的，不然我们先等等？"

"不如这样，你们帮我出去，我出去一定叫人来救你们。"黑衣服男子停顿了下，突然转身对其余两个人说。

两个人面面相觑，最终还是同意了。

白衬衫男子撑起了黑衣服男子，他的白衬衫上留下了两个黑色的拖鞋踩出的脚印，不过想必他已经管不了这么多了。女孩子把自己身上的雨伞、水杯，凡是硬的东西都拿了出来当作工具。黑衣服男子一直敲一直敲，终于，天花板开了一个能容许一个人脱身大小的缝。他使力气爬了上去，坐在电梯上方。

"怎么样？上面是什么情况？"女孩子急忙问道。

"看上去电梯的通道没被破坏。随便撬开一层的门应该能出去，你们就在这里等我，等我出去一定会叫人来救你们。"黑衣服男子说道。

"那你多加小心。"女孩子低声说道。

黑衣服男子低头看着她，像是承诺似的点了一下头，随即转身，开始了攀爬。

这下电梯里只剩两个人。

女孩子醋睡着，脸上脏兮兮的，倒真有些电影里地震难民的感觉。白衬衫男子一直摆弄着手机，看着以前和家人朋友在一起的照片，偷偷地擦拭眼角的泪。旁边是空掉的水瓶，接着一滴滴从电梯夹缝掉进来的不知来源的水，他居然觉得这些不知源头的水，都跳跃着光。

一小时，两小时，五小时，一天……

黑衣服男子没有回来，他们开始商量对策了。

"他不会回来了。"女孩子说道，一天没喝水，她的嘴唇已经有点干涩了。

"不……不，他答应了会来救我们的，他一定会回来的！"白衬衫男子又蹲在地上，双手抱着头。

"天知道他现在去了哪里，也许连他自己都没有爬出这个电梯井，也许爬出去的情况更惨呢？我觉得他不会回来了，他或许都没有回来的理由！"女孩子变得有点歇斯底里了。

"不，我们再等等，或许他会回来的。"

"你又怎么能确定他会回来呢，也许他现在被救援队救了正舒舒服服地躺在医院的床上呢！又怎么会记得有我们的存在？"女孩子流了泪，趴在白衬衫男生的身上大哭了起来。

这下，白衬衫上又多了些泪渍。

两个人互相拥抱，互相安慰着。良久，女孩子突然说："我已经受不了这样漫长无目的的等待了，我想爬上去，我剩的吃的都吃完了，不知道还能这样坚持多久，不行，我已经受不了了。"

"你确定你真的要上去？我的意思是，你一个女生，不一定能爬上去，可能还不如留在这里安全，况且我们再等等，再等等，可能就会有人来了呢。"

"不，我要上去，无论如何，我要上去，我已经受不了这样的等待了，你把我托上去吧，我出去后一定不会像那个浑蛋一样，不闻不问弃你于不顾，我一定会叫人回来救你。"

"不……不，这样不好，我不能放任你一个人离开。"

"我也不想这样，但是没有办法，与其在这里等死，我倒宁可试试这种方法，尽管不知道结局会是怎样。"女孩子眼角还是浸满了泪水。

白衬衫男生看着她，好像有什么地方被触动了，"好，那我帮你，趁我还剩最后一点力气。"

两个人对望，相拥，抱了不知多久。

白衬衫男生蹲下，任由女生在他的衬衫上留下两个新的脚印，即使他的衬衫已经脏得看不出颜色，他似乎也是注意到了这一点，又整理了一下自己的衬衫，使劲，女孩子成功地坐在了电梯的上面。

在她开始攀爬之前男生把自己所有的剩的水都喂给了她，"保重。"

"嗯，我一定会回来救你的。"女孩子的眼里有种从未出现过的坚定。说罢便开始了攀爬，直到男生再也看不到她。

这下，电梯里只剩一个人了。

他的衬衫褶皱不堪，粮食都吃完了，那唯一与他相伴的手机不知何时也没电了。他的体力越来越差，视力好像也出了问题。电梯供电好像也消耗完了，一片漆黑。他只能瘫在地上，看着天花板缺口偶尔射下来的柔软光线。

一天，两天，三天……

在电梯里，他的时间概念大概都模糊了吧，不知过了多久，多久，他似乎也放弃了坚持。他想到了他的妈妈，他的每一个生日她都不曾缺席过；他的好兄弟，一起长大，他还答应了生日请他来吃饭。哦，对了，他的生日聚会，他们有准时来吗？他们有发现他不见吗？他们有寻找他吗？还是说，他的家，他的朋友，他的一切，都在这场地震中，彻底消失了呢？他还没有把自己在考试里拿了第一名的消息告诉爸妈，他还没有告诉隔壁的姑娘他一直爱慕着她，难道他的生命就要这样完结了吗？啊，还有电梯里相识的两个人，他们也算是一起经历过苦难了，他们一定会回来救他的吧。不，或许他们也不会回来了，或许一切都只是谎言而已，也许他们回归了各自的家庭，就忘了他的存在吧。

他闭上了眼，想哭却溢不出泪水，脱水多久了呢，他大概也记不清了。

就这样又过了一天，两天，三天……

他已经意识模糊了，他感觉到自己眼前过去的画面在倒转，在温暖中，他好像回到了从前，和妈妈一起过的每个生日，不过他也没法清晰地想这些事了。

渐渐地，渐渐地，他的心越来越平静……

他听到有人仿佛在叫他的名字，但他已然分不清是幻觉还是现实，他好像感觉到一道光线，微弱地从天花板的缺口中射下来……

点
评

　　这是一篇相当会构思并极会讲述的小说，故事
中的三个人物、形态、心态、语言、层次都十分清楚。
也讲得清晰快捷，直到结尾，都未见故事的停止、
终止和迟缓。

　　谢谢合作，龙嘉！

该隐

韩卓恒

在这群蛋破壳而出之后，头一回当上母亲的母鸡高兴得"咕咕"地叫。下蛋是下过不少，可是很多都被人类拿走了，这次是头一回孵出了小鸡，比起吃上人类在盛宴后豪华的剩饭更叫鸡兴奋。

　　这只母鸡也不是只一般的母鸡，它可是一只走在潮流前端的鸡。它不光有名字，而且还是个洋名，叫作"玛莉"，一下子就将"张三""李四"比下去了。这名字不是主人给它起的，而是在听说人类会起名字后它给自己起的。

　　但要是因此便说这只鸡崇洋的话，玛莉可是会生气的，因为它的骨子里有着祖国优良传统的美德。它低调，但受万鸡景仰，作为鸡群中最博学的知识分子，玛莉一点也不自满。它没有刻意卖弄自己的才华，也没有看不起鸡群中的其他同伴，而是用着它的知识维持鸡群的和谐和稳定。这种学有所成，然后为群众默默献身的精神，足以彰显它骨子里的优良品性。哪怕玛莉起的是洋名，吃的是西式的剩饭，听的是邻家播着的英语歌，光是它没有弃鸡群而不顾，愿意留下来奉献自己的所学，便是对社会有益，不能说它崇洋。

话说回来，玛莉决定要给它的孩子们起个名字。最先出生的叫"查理"，第二只叫"彼得"，本来第三只是打算叫"苏珊"的，但听上去像是本地鸡的俗气名字，于是又改名作"安妮"。尽管如此，玛莉是只对社会有贡献的本地鸡这点是不可质疑的。

然而，玛莉最后总算发现，还有一颗蛋没孵出来。这颗蛋的花纹跟其他的不一样，而且还特别大。博学的玛莉认为大颗的蛋要花更多的时间孵化，因此有耐心地继续端坐在蛋上。就这样多孵了两三天，最后的蛋总算孵出来了。

这只鸡的个子比它的哥哥姊姊大，而且身上没有黄澄澄的绒毛，而是灰白的短毛，叫声也特别刺耳。玛莉见了心中不快，认为自己花了大量时间，却孵出了这样的家伙，而且灰白色的毛大概是因为身体有毛病所致，因而认定这东西是不吉利的。但别忘了玛莉是只有修养的鸡，毕竟是自己孵出来的，怎么说也是有点感情的，身为一只合格的母鸡，怎能因为孵出来的小鸡看上去不吉利，便将它弃之不顾呢？于是玛莉还是给这孩子起了个名字，叫作"该隐"。

该隐不光是出生的时间与哥哥姊姊截然不同，而且还过着截然不同的生活。它的食量奇大，不时把其他鸡的份儿都吃了，因此它的哥哥姊姊都相当不满。后来主人见了，专门为它做了个大盘子，饲料里还掺有碎肉，好让它吃得饱饱的，又不会把其他鸡的份儿都吃了，其他鸡见了该隐被特别优待，便更是不满了。

该隐也比较不合群。不光是因为它的个子实在太大，大得被当作异类，而且当其他小鸡弯下头来啄着地面时，该隐却弯下头来整理自己双翅的羽毛，当其他小鸡还是"叽叽"地叫时，该隐却在以极高频率的嗓音尖声叫着，众鸡都对它敬而远之。哪怕玛莉没有把心中的想法说出来，小鸡们也把该隐认定为不祥的东西。

一天，闲着无聊的该隐独自跑到角落，如常整理一下新长出来的羽毛。在它把翅膀张开时，才发现自己的翅膀比身边的鸡都要大得多。它张开宽大的翅膀，高兴地跑去跟玛莉报告，然而对这孩子没好感的玛莉却认为当鸡的早晚也是被吃，翅膀再大也没什么好报告的，充其量也只是能让人类多吃上两口而已。其他小鸡见了该隐失落的模样，连忙上前落井下石，说该隐张着翅膀跑来跑去，扬起一阵阵的尘土，影响到其他小鸡的活动。玛莉见状又是训了它一顿，要它别有事没事把翅膀张得老大。该隐只好失落地回到角落，继续整理自己的羽毛。

随着时间过去，小鸡们也开始长大了，这时大家才意识到该隐与它们的差异。不光是一对大得夸张的翅膀，锐利有神的双眼，能轻易咬断树枝的尖喙，强而有力的腿以及爪子等都是其他小鸡甚至玛莉也望尘莫及的。一众小鸡看了，有的羡慕，有的妒忌，但更多的是忌惮，毕竟该隐在它们眼中是异类。它们对该隐的排斥更强烈，玛莉对此也是睁一只眼闭一只眼。

有天，作为兄长的查理带领着其他小鸡，偷偷把该隐的盘子藏起来了。该隐发现盘子不见时十分焦急，不光是因为担心没了午餐，更是担心专门为它准备盘子的主人会生气。还好主人并没有要怪责的意思，但因为一下子找不到容器，只好把饲料撒在地上。这时该隐巨大的喙使它无法好好地吃到在地上细小的饲料。其他小鸡见了该隐的狼狈相，都偷偷取笑起来。吃不饱的该隐不像平日般有干劲，懒洋洋地坐在平时的角落。查理及其他小鸡见了，像是要宣告自己的胜利似的，变得比平日更聒噪起来。该隐只想自己把盘子丢失了，并没有在意。

突然有只肥大的老鼠跑过，小鸡们不以为意，吃不饱的该隐却没有错过。它一个迅雷不及掩耳的飞扑，尖锐如刀锋的爪子深深陷入老鼠丰满多肉的后背，鲜血如同玫瑰花瓣般在空中飞舞，这种血腥的气味使身边的小鸡想起同伴被杀害的情景，却大大刺激了该隐的食欲。那老鼠发出刺耳的惨叫，然而该隐并没有因而罢手，更顺势将其按在地上拖行了好一阵子，老鼠还想再挣扎一两下，却被该隐叼去了脑袋。小鸡们看到该隐吃得津津有味，才意识到刚才数秒间所发生的事，瞬间鸦雀无声。从此对该隐更是忌惮，再也不敢再把它的盘子藏起来了，不知内情的该隐也就把那次盘子不见的事当作一场意外。后来，主人弄来了一个更大的盘子，托这件事的福，该隐的三餐更丰盛了。

又过了不晓得多少个日和夜，该隐渐渐变得要低下头来看着玛莉了，它的食量随之增加，饲料也盛得高高的。博学的玛莉开始意识到该隐的来头了，虽然它不明白为何该隐会出现在自己的窝中，不过见它个性温驯，非但没有破坏鸡群的和谐，反倒令小鸡们更团结了，因此也没有多说什么。而小鸡们暗中测量着该隐爪子的大小，发现它的爪子要抓住它们的后背也是绰绰有余的，它们都不敢当面评论它，但一说起"那家伙"，大家都清楚指的是谁。被大家冷待着的该隐则依然将自己视为鸡群的一分子，毕竟它的家就只有一处，再怎么不好都得跟大伙一起生活。

一天中午，该隐如常在角落整理自己的羽毛时，听见天上传来尖锐响亮的叫声。该隐抬头一看，只见一只深褐的巨鸟在远处的天上翱翔。突然那巨鸟仰天高鸣，声震云霄，然后往下一俯冲，再一次出现时，爪中已经抓住一头奄奄一息的小羊，那巨鸟看上去却丝毫不感到吃力，很快便化作蓝天上的一小点。

该隐见了后，心中激动之情久久不能平伏，它雀跃地拍着双翅，仰头对着蔚蓝的天空鸣叫，想要试着飞上天。然而因为地方狭小，而该隐的双翅却很巨大，使它不能好好飞起来。试了五六次，只能勉强在空中逗留两三秒。其他小鸡见了，又因该隐侵占它们的空间而大声示威，要该隐好好顾及身边其他鸡的感受。该隐想起玛莉的话，要它别张开翅膀四处跑，只好作罢。

到了晚上，仍未死心的该隐偷偷跑到较远的空地试飞。然而在漆黑得伸腿不见四爪的环境中学习飞行，大概只有蝙蝠跟猫头鹰能做到吧？该隐一不留神，便一头撞上了一旁的石头，它发现白天看过这片空地的记忆并不足以让它避开障碍。此时，吹来一阵阴森的凉风，伴着夜行兽鸟的叫声，像是在警告着一切不属于黑夜的生物。尽管该隐看上去比起它的同辈强悍得多，但它的内心还是一只雏鸟。它双腿吓得直发抖，抬头仰望天空，没有了日照的夜空显得神秘而冷漠，这并不是该隐所见惯的那片蔚蓝的天空。该隐回头看着回家的道路，就算受尽同伴的冷待，那里还是它最安全的家。它恨不得连忙跑回去睡个觉，把今天看到飞鸟的事忘掉，然后继续原来平静的日常，当一只普通的鸡。

该隐想不明白，玛莉告诉它当鸡的就只有被吃掉的未来，哪怕你翅膀再宽大，爪喙再锋利，命运也不会为之改变。但在它看到巨鸟开始，内心的声音便一直鼓励它要像那只飞鸟一样振翅高飞。该隐怎么想也想不明白，默默流下了两行泪来。晚风将该隐的泪水抹去，眼泪又自己跑了出来。它不了解这世界，它不了解那飞鸟，它甚至不了解自己。双眼渐渐流不出泪来，它回想起飞鸟翱翔的模样，身上的血液随之沸腾起来。该隐感觉身子变暖了，它将翅膀张到最大，小心翼翼地走遍每一个角落，然后走到石头最少的地方，重新开始练习。

持续了数晚的练习后，该隐感觉自己掌握到飞行的窍门了，它已经迫不及待想要飞到天上，但夜空的冷风令它不敢胡来。于是它在白天回到那片空地，两三下动作便顺利飞起来了。在空中的感觉比起在陆地上轻松得多，而且还不用担心会妨碍到其他小鸡。该隐如同脱了缰绳的马，兴奋地不断上升，看到了不一样的世界：正下方的空地已经变成一只爪的大小，前方有着一条宽阔的河流，河流的旁边有间小木屋，上面装有水车，湍急的流水让它停不下来，河流尽头是一道气势磅礴的瀑布，后面则是苍绿的高山。这些景物像是有生命似的，告诉着该隐世界的浩瀚和自己的渺小。该隐头一回看到这么壮丽的风景，震撼得差点忘记如何飞行。它嗅着高空独有的清新空气，耳边没有了小鸡们的吵闹声，取而代之的是呼呼作响的风声。该隐不停在空中打转，想要将四周的景色都深深印在脑海里，直到接近黄昏才降落到原来的空地。

小鸡们当然目睹了该隐飞上天的一幕。它们在该隐刚飞上去时已经在叽叽喳喳地讨论着，说它总是做着不合群的事，说它毛丰翅硬要飞走了，还说它早晚会被大风刮走，永远回不来，然后大伙就跟着笑了。然而在该隐回来时，它们又噤若寒蝉，什么都没有说。

主人也看见了该隐飞上天，他似乎比该隐更高兴，给该隐准备了十分豪华的晚餐，好让它恢复飞行时所消耗的体力。该隐见了心里更是欢喜，大口大口地吃着。小鸡们见了，心里更是忌妒它，明明是辈分最小的，却老是出尽风头，而博学的玛莉见了，却发现"豪华大餐"的本体，是一只烤全鸡。

晚上，该隐决定试着挑战在夜间飞行，然而在准备出发到空地时，却被玛莉叫住了。

玛莉见了晚餐的情况，担心长此下去，主人会不断宰鸡来奖励该隐。但这样说的话便很容易把话题扯到物种不同的问题，这对于所有的鸡而言都相当不利。于是它换了个说法，说该隐高调的行为引起了不少同伴的不满，希望它能够停止这种引鸡注目的行为，以维持整个鸡群的和谐和稳定。见多识广的玛莉还引用了法国哲学者蒙田的话："缄默和谦虚是社交的美德。"要该隐多尝试融入鸡群，不要老是独自跑到角落去整理羽毛，更不要做出飞到天上这种其他鸡没有做的行为，不然会被鸡群孤立。

在玛莉离开后，该隐的眼泪又不禁跑了出来。自己长得与众不同，被同伴排挤，甚至到了动辄得咎的地步，一直以来它都过得很不顺意，像是被重重枷锁困住似的。现在的它见识了全新的世界，感觉找到了属于自己的天空，结果还是因为与众不同，而要被夺去最后的乐园。它抬头看着它所向往的天空，发出高亢的悲鸣，然而星空并没有给予回音，只有晚风为它拭去泪水。

这一夜，该隐并没有到空地去。

数天下来，该隐再也没有飞到天上去，每天做的就只是抬着头看天。尽管没怎么运动，该隐发现自己的食量还是一直增大。现在该隐吃的已经是查理好几倍的量，该隐不好意思要求更多的食物，再受到主人的偏爱的话，自己在鸡群中的待遇就更差了。该隐只好尽可能减少自己的运动量，忍耐着饥饿坐在一角，希望有一只肥大的老鼠在眼前跑过。其他小鸡们见了，也不敢明目张胆去惹它，只是将它视而不见，继续聒噪地聊天，玛莉对此很是满意。

又饿了数天，虚弱了不少的该隐开始受不住刺眼的阳光，只能走到阴凉处，面向着外面的空地待着，也懒得整理羽毛，活像一个在公园凉亭坐一整天的老头子。小鸡们也开始大胆了起来，言谈中不时出现该隐的名字，该隐也没有多做反应，只是无助地坐着。

渐渐地，饥饿难耐的该隐开始出现了幻觉，眼前的哥哥姊姊，甚至是母亲，看上去就像是飞上天那晚吃的大餐，那么的可口。它的眼神不知不觉变得具攻击性，正好与查理对上了，理查嘚嘚嘚嘚嘚嘚嘚嘚嘚本能地不断往后退，却撞到身后的安妮。这下子所有的小鸡都发现了该隐不对劲的地方。大家都停下刚才的话题，警戒着该隐的一举一动，心里做着随时逃跑的打算，双腿却不停地发抖。该隐不可自制地慢慢步行出去，刺眼的阳光却又让它退回来，理智也跟着跑回来了，它才意识到自己刚才想着极为危险和可怕的念头。它决定干脆睡个午觉，借此把幻觉跟饥饿都丢在一旁。可是要饿着肚子入睡并不容易，该隐整个下午都闭着双眼一动不动，却没能睡着，倒是感觉更疲倦了。而且不光是该隐，见该隐一动不动的小鸡们也没能放下戒心，度过了一个精神紧绷的下午。

到了晚饭的时间，主人总算察觉到该隐不对劲的地方了，因此该隐的晚餐又变得丰盛起来。该隐大口大口地吃着，其他小鸡却记挂着下午的事，都没有边吃饭边聊天的心情，这是这鸡舍中最安静的一顿晚餐。玛莉心感不妙，它总算发现，这并不是该隐飞与不飞的问题，光是该隐的存在便已经会破坏鸡群的和谐和稳定，可是它却无法把该隐赶走。玛莉并不是只为了私情不顾大局的鸡，只是万一该隐失控起来，连同自己在内的所有鸡都会有危险，这事不得不慎重而行。

这边一波未平，那边一波又起。玛莉无意间听到主人说明天下午会请很多朋友来家中开宴会，这自然意味着明天鸡群中大概会有伙伴消失。而且小鸡们还没长大，自己被选中的机会相当大。想到这里，有智慧的玛莉并没有灰心，反而想出一个一石二鸟的方法……

第二天下午，吃得饱饱的该隐在阳光下整理着自己的羽毛时，主人的屋子却变得吵闹起来。在好奇心的驱使下，该隐在主人家的侧门探出脑袋来，只见家中尽是一群没见过的人，主人则在众人中间说着什么。该隐没有玛莉的学识，它听不懂主人的话，于是它跑回去空地，想问问玛莉会不会知道点什么。然而回到空地的该隐，却发现玛莉跟其他小鸡都不见了，整片空地就只剩下它。

此时，主人的妻子也来到了空地。她先是对眼前的荒凉景象吃了一惊，但不一会儿她便走到该隐身边，把它抱了起来。

"就是你这家伙，老是把家中的鸡粮吃光，我老早就劝他把你宰了，他就是不听！"女主人一边说着该隐听不懂的话，一边抱着它向一个房间走去。该隐认得那个房间，每次有丰盛的大餐，主人总是从那里把食物端出来。不好的预感在该隐心中不断膨胀，它张开翅膀拼命挣扎，来不及反应的女主人手一松，让它掉在地上了。

"该死！竟敢逃跑！"女主人咒骂着，尽管没能听明白她的话，该隐还是知道要是自己停下来的话，一切也都完了。

　　它将翅膀张到最大，死命地拍着，在天空翱翔的记忆渐渐重现眼前。它的双腿不时使劲跃起，但因为疏于练习怎么也飞不起来。该隐连忙往左一拐翅膀末端能感受到那抓空了的手，身后马上传来又一阵的咒骂声。转身后的该隐仿佛看见藏身于草丛中的玛莉与哥哥姊姊们，但它无暇确认，身后的脚步声再一次接近，该隐使出吃奶的劲跃起，双翅用力一拍！

　　该隐不断向上升，直到再也听不到女主人的吼声。它看似自由自在地在天上飞，但空地像是有根无形的绳子绑住了它，使它只能在空地的上空盘旋着。该隐不知道该飞到哪儿，下方是它唯一的家，也是它逃离出来的地方，浩瀚的大自然向它招手，但它却又对前方的未知畏惧起来。

　　该隐只能在天上徘徊。上一次在天上飞时，远方的风景是多么的震撼宏伟，现在景物依旧，该隐却没有观赏的雅性。它那锐利的双眼试着寻找远处能落脚的地方，却久久未有收获，不是它看不清，而是在飞行方面还是个新手的该隐不知道怎样的落脚点才算是安全。它试着在不远处的空地着陆，但四周都长满大树，狭隘的视野形成了陌生又不安的氛围，使它不敢久留。在该隐心中，最令它安心的地方就是天空，但偏偏天空不能成为它落脚的地方。

　　天色渐黑，无可奈何的该隐只好回到鸡舍的空地上。或许在该隐心中，早就被鸡舍绑得死死的，才会让它找不到其他栖身之所。然而它一着陆，查理便连同一众鸡群叽叽喳喳地指责它，不为别的，就是因为抓不到该隐的女主人用草丛中的玛莉来做替代，当该隐还在天上四处张望时，玛莉已经成为了客人们盘中的大餐了。

该隐得知玛莉的死讯后，既伤心又愧疚。虽说玛莉待它不怎么好，但比起鸡群中的其他伙伴，玛莉的存在犹如荒野中的萤火虫，在漆黑中带给它微小的光亮和希望，让它得以继续走下去。不管生理上不自然的差异，即使玛莉偏心于哥哥姊姊，该隐还是把它视作自己的生母，它的悲痛不亚于鸡群中任何一只鸡。但鸡群看见该隐眼眶中的泪水，更是指责它猫哭耗子，惺惺作态，为的就是要取回本来就不怎么存在的信任，好让它能再一次出卖鸡群。该隐心中有说不尽的苦，但玛莉已经不在，它再也找不到一只会听它说话的鸡了。

当天晚上，主人再一次以丰盛的大餐招待飞了一整天的该隐。该隐不知道盘中碎肉的来源，只挑没沾到碎肉的饲料吃，结果当然吃不饱。主人见了后，似乎明白了该隐的想法，给它换了没有碎肉的饲料，好让它吃得充足，恢复体力。

往后的日子，因为没有了玛莉的调停，鸡群们对该隐的欺凌更变本加厉了。从把放饲料的盘子藏起来，到从盘子中发现其他鸡的排泄物，甚至在晚上轮流被鸡骚扰，它曾试着以刺耳的叫声阻止它们，但时间一久，它们便不再惧怕这种雷声大雨点小的阻吓了。该隐的生活一天比一天难受，身体也一天比一天消瘦。

这是一个阴暗的下午，该隐如常在空地的角落整理羽毛，盘子则被放在一旁，以防被其他鸡恶作剧。忽然天上传来响亮入云的叫声，只见一只大鸟从远处飞来，在鸡舍的上空盘旋。鸡群们先是感到惊奇，但很快便对这只长得很像该隐的大鸟失去兴趣，继续它们原来的话题：如何升级对该隐的惩罚。该隐不知道这是不是之前在天上看见的那只大鸟，跟上一次远远看见不一样，这次大鸟可是在正上方飞着，该隐目不转睛地盯视着它，在天空飞翔的念头渐渐膨胀了起来。

鸡群们见该隐看得出神，便偷偷接近身旁的盘子。警觉性高的该隐马上便发现了，它发出刺耳的叫声试图阻止，并以巨大的双翅作为屏障隔开盘子与鸡群。也许是群众心态给鸡群们壮了胆，先是查理，然后大伙都跟着用爪和喙攻击该隐的翅膀，该隐没料到的哥哥姊姊会有此一招，发出了惨痛的叫声。

说时迟，那时快，天上传出一声轰响，接着像是一阵大风刮过，把鸡群们都吹翻了。直至听到查理的叫声，大伙才回过神来，发现查理已经被天上那大鸟牢牢抓住带到上空了。鸡群都吓得丢了魂儿，再也顾不上该隐，马上四散逃窜，大声求救。

因此得救的该隐看着逐渐远去的大鸟，心境却意外的平静，两翅一展飞了起来。它紧紧追着大鸟，眼神中没有半点迷茫。并不是为了救回查理，而是因为，它看见了比萤火虫更明亮的灯火。该隐有着莫名的直觉，只要追随着它，便能找到自己的安身之处……

点
评

　　这是一篇经过修改的作品。作品中以鸡的拟人
描写非常好，构思也有层次递进，叙述节奏快而明
确。这是让人难得读出趣味、意味和流畅感的作品。
但故事的结尾，总觉得缺些什么意外和深长。

孔乙己

蔡彧

到一百周年校庆时，孔乙己也没再回来。大约孔乙己的确死了。

孔乙己原先还颇受些校领导重视，觉得他是棵考状元的苗子。咸亨中学建校几十年来，总体升学率虽一直名列前茅，偏没拿过一次状元。故此，那几个成绩拔尖的学生自然成了重点关照对象，上课开小班主修研究生课程，吃饭开小灶唯恐食堂餐卫生不行营养不够，周末实践农业种植，响应国家对于农业人才的需求，力求在全国农业竞赛里能给高考加上分，虽说那些尖子生没一个待见这方向。孔乙己也算其一，平日走在路上都不拿正眼瞧人，别人问起他来也懒得应答，只哼哼一声"这叫魏晋风流"。一听到这，那些普通学生们便热热闹闹地聚在一起讨论了起来，"为什么是魏晋风流呀？""我猜他是在学阮籍的青白眼吧。""对对！孔乙己果真比我们高一层次。""重点班的学生确实不一样啊。"这一片赞叹声中孔乙己在众人心中的地位又高了一些。

而另一群人则大不同，那些人是孔乙己打心底里瞧不起的，虽说那些普通生也没好好被待见过。这一群人走在学校里个个都灰头土脸、死气沉沉，多数人都被安上了个指头铁，少数装了两三个，最多的，伸出双手，大约可以冒充钢铁侠。这指头铁是专门用来给干重体力活的工人使的，如此一装，那如凿石头、挖地窖一类的工种，用双手便可以精准而快速地搞定。这指头铁的安法倒是和马蹄铁一样，将小铁块按指头的形状烧铸成形，再用螺丝锁上便是，只不过，钉马蹄的时候马不会疼，装指头铁的时候那可是血淋淋的钻心的疼。咸亨中学向来以严厉出名，每次考了最后一名的学生，便会被安上一个指头铁，以警示他以后只能干那些凿石的工作。

孔乙己实实在在地风光快活了一年，但这大约是他命里最后能快活的一年了，后来不出一个月的时间里，他就被安上三个指头铁了。不是因为考了最末，而是考了最前。

一个月之前，省里突然颁布了新的高考录取政策，为了给中学生们减负，特别规定各大学自全省第二名开始招生，第一名算作落榜，以此鼓励大家全面发展，杜绝众人搞题海战术、挤破头争第一的现象。据说省里的某高层领导对此提案高度重视，下令要求各方全力配合，使法令尽早生效："给中学生减负一事刻不容缓！现在的学生，学业压力太大，一门心思只顾着死读书、读死书，往往忽略了素质教育和个人成长，天天就知道争第一，可是那些个第一名啊，往往都是书呆子，对国家对社会没用！这个提案好，让第一名落榜，这样大家就不会去抢这个第一了，会把时间、精力花在更多有意义的地方，而不是成堆成堆的习题册里。"此话一出，这高考改革计划顿时成了近期各部门手头的第一要事，顺风顺水地，也颇让人意外地，一周生效了。

新政策一颁布，咸亨中学立即积极响应，把第一名也纳入了安指头铁的范围内，因为那些个第一名，按照新的选拔策略，以后也只能是凿石块的。此令一出，重点班也取消了，专供食堂也取消了，周末农业实践倒还在继续，因为那算是素质教育的一部分，计第一名时看的还是裸分。随后那个月的三场考试里，孔乙己连拿了三次第一，次次都甩开了第二名好几十分。倒不是因为孔乙己有多厉害，论实力，他是比不上另几个尖子生的，可其他那几个都识时务，故意放弃几道大题以确保自己不是第一名。孔乙己就迂腐得多，他确确实实是那大领导口中的书呆子一类，一心只读圣贤书，怎么也不明白为何会做的题要装作不会。

　　第一次他考了第一名的时候，同学们待他虽不似先前那样敬重，但也还是将他视作高自己一等的学生，老师们看他被打上指头铁的痛苦的样子，也是同情的居多，偶有少数几个看得开的"明事理"之辈，说他这是咎由自取、不懂变通。到了第二次的时候，全校、或者说全省都已经惯于把考第一的人与考最末的人等同起来了。那几个往日的尖子生倒还在惴惴不安、人心惶惶，怕孔乙己这次吸取了教训，也学他们故意放水。毕竟，那些题做起来不复杂，而每人漏几道才是更深的学问，放水过多拿不到好名次，万一放少了得了第一名就瞬间跌落要凿石刨地的境地，况且第一次下来，大家都或多或少知道了各人放水的程度，想必第二次对于第二名的竞争会更加激烈。

　　然而第二次考下来，孔乙己还是第一名，还是远超第二名几十分。到这时，同学看见他都已是白眼相待了，这就是所谓的以牙还牙吧。偶尔也有人不避讳地当面说起他来，"真是个书呆子。""只会做题，愧不愧对这十多年的教育。""还想学阮籍呢，学他死得早嘛。"一阵哄笑之后，便也散去了，谁会花工夫讨论他呀，只不过是几个全面发展的学生茶余饭后的谈资或笑料罢了。老师业已懒得管他了，就像放弃那些个常考最后一名的学生一般，孔乙己来问些个什么，都是摆着一副臭脸，爱理不理的。偶尔孔乙己会去办公室偷几本难题册带回教室做，周遭同学一看："嘿，孔乙己，你怎么又偷题，还嫌指头不够硬呢！"孔乙己连忙回应道："钻研学问的事，怎么能叫偷！""你这就是陷题里了，以前那套东西现在都没用啦，蠢瓜！"又一阵哄笑过后，孔乙己自知难敌众口，愤愤地继续埋头苦练了。

到了第三次，已经没人在乎他了。孔乙己被钉上指头铁的时候，大家围了一圈颇有些洋洋自得之意，纷纷炫耀着自己一早就猜对了这次的第一名。只不过，那些普通生料不到的是，他们和原先那几个尖子生的差距又大了起来，原来他们几个有了前两次的经验，胆子都变大了许多，反正前边有孔乙己垫着，多做些题也大可不必担心，遇见难题少去费些脑子便好。

再后来，第一仍旧是孔乙己的，他有时刷题刷得累了，便和周围同学搭搭话，"诶，我考考你，你知道这题有几种证明方法吗？"那被问的还赶着去参加其他素质教育活动，不耐烦地回应："不会做！""来，我教你。首先这题可以用反证法，当然数学归纳法也很容易想到，其他三种就比较巧妙了，你看……""不听了不听了，我才不要和你这样的呆子混一起嘞！"每每这时，孔乙己只能无奈地叹息一声，继续用剩下不多的几根"干脑力活"的指头写写算算。再后来，便彻底写不了了。

高考发榜时，孔乙己果真考了全省的状元，这书呆子的名号是的的确确地坐稳了。既然这么一落榜，没书读了，只能另谋生路，经由家人托关系，给安排进了一家矿场，还别说，他那十跟铁指头挖起矿来确实比拿笔杆子顺手得多。不过在挖矿的间隙，他还是会在墙上用铁指头刻出一道道印子来，好像在反复默写着几行证明，兀自沉浸在高中时代的题海里。而其他人呢，顺顺利利地上了大学，也多亏了孔乙己的存在，咸亨中学的学生们才敢大胆做题，均分远超省里其他学校，校领导看到这一结果点名表扬了实施指头铁新政策的负责人。而省里的大领导看到素质教育的一年总结，感到减负行动颇有成效，再加上看到孔乙己着实是这么一个书呆子，也更加印证了自己对于第一名的判断，决定将这一招生录取办法延续下去。

　　过了三五年，偶有老同学提起孔乙己，说他在的那家矿场早些时候出了事，被埋了好几天埋傻了，被救出来的时候，指头铁都掉了，指头经过这么些年的摧残，也早已不能用了。

　　又约莫十年光景，说起孔乙己，只晓得再也没人见过他，好像每天就这么闷在家里，也不知是否还活着。

　　再之后，第一名落榜政策也取消了，连高考也一并取消了，大学招生政策一改再改，咸亨中学往往能迅速转变策略成功回应，但有那么几年处理得稍有不当，遭遇了一连数年的滑铁卢。至于孔乙己这个校史上前无古人后无来者的高考状元，没人再提及他了。

　　这是一篇很让人意外的小说，故事人物以及故事来源的"咸亨学校"的孔乙己，都叫人耳目一新，而且，也或多或少把这个"孔乙己"与鲁迅的孔乙己写出了"血脉"——愚的性格的联系。

　　唯一让人觉得文字太"干"了些，没有那种文学的湿润的"诗"的味道。仍然很好!

关于她自杀的事情

高天琪

死 亡

她从楼顶砸在水泥地上的那个午夜，一切都静悄悄的。

六月仲夏夜里那湿润而温热的香气弥漫在草木茂盛的校园里，仿佛会有星星或是萤火虫的光点从夜色的朦胧处闪过。

时间是凌晨一点前后，对师大的学生来说不算早也不算晚的时候。为了防止偷窥，女生宿舍楼的窗户大都拉起了窗帘，只有昏黄或是苍白的灯光隐约可见。

她砸在地上的时候，啪的发出一声响。也许是给当成了泼水洗地的声音，也许是给当成捡垃圾的流浪汉碰倒垃圾桶的声音，总之那一刻没有谁注意到她。他们知道，夜晚总是蕴藏着许多奇声怪响的。

最先发现她的是两个在女生宿舍楼附近约会的大二学生，因为进不了对方宿舍又不愿意被路人瞧见，便挑了楼后小花园的草地聊天亲热。他们是循着血的气味注意到她的。女生看见夜色中模模糊糊的一个人体，长头发散在地上，跟一堆别的什么黑乎乎的液体搅在一起。这一摊占据着他们视野的异样东西一动不动，已经和地面及建筑的阴影融为一体了一般。

女生差点发出尖叫，却被顾全大局的男友安抚了下来。他说，这事不能张扬，得交给管事的人处理。女生慌得说不出话来，男友又说，咱们最好别跟这事扯上关系，不然搞不好要担责任的。男友也说不清具体要担什么责任，但是他觉得万事还是谨慎为好，不仅为了他自己，更是为了他最重视的女朋友。于是他们先去找到了宿舍楼的保安员，又看着保安员报了警，自始至终都离那个她的躯体远远的。没有人去确认她的死活，似乎从楼上跳下来，就和死亡画上了等号。

保安是个年轻人，做事相当冷静利落。他叫了警察和救护车之后，就给这宿舍的郝辅导员打了电话。一时之间，不仅辅导员给从教工宿舍叫来了，校方管事的教务处主任也给叫来了。郝辅导员是个80后的青年女人，到了现场之后，一直是一副难以置信的震惊表情。对她来说，在自己的任期里发生学生跳楼事件，似乎是件绝无可能的事，就好像人们在灾难来临之前都觉得它最不可能降临在自己头上一样。教务处的甄主任是个中年男人，他接到电话就睡眼惺忪地小跑过来，还穿着家里用的塑料拖鞋。甄主任不是很清楚为什么这事要落到教务处头上。但是，他是个负责任的主任，一句话也没抱怨。他很了解校方的难处，毕竟谁也不清楚跳楼这种事，按道理应该安排给哪个部门负责。

不久之后，开来了救护车，后面跟着一辆没有鸣笛的警车。穿白大褂的其中一个走到她贴匐的那片水泥地边上，带着胶皮手套，拨开那堆头发，拿着什么测量了一下。"不行了。"他一面继续手边的动作一面向同事摇了摇头，两个同事就麻利地走过去，帮着把尸体抬到担架上。

辅导员这时看见她的正脸，认出了她是住在第几层几号宿舍的哪个学生。

尸体给救护车运走了，警察把她掉下来的那块地方附近都拿彩色塑料线圈了个圈，看上去仿佛那儿正进行着什么修缮工程。一块不知从哪弄来的塑料布盖在了血迹上，等着第二天让人来清理干净。但是也许不会有清理的人来，也许那个工程现场会那样保持一个学期，一个学年，直到水泥地吸干了血液，尘土覆盖了痕迹，直到看见它的人们都忘了它的初衷曾是什么。

男女生情侣被警察问了几句话，就被主任催促着回各自的宿舍去了。自然，他们被嘱咐在校方调查清楚之前不能擅自乱传消息，因为消息一旦变成谣言，就会有很坏的影响，更会歪曲事实，是对死去的同学和家属的不尊重。

主任做出决定，说剩下的事情第二天再办，调查自杀原因啊，通知家属啊，还有随之而来的各种麻烦事啊，都应该等天亮了、上班了再说。这样交代完，他就拖着疲惫的身子走回家属楼了。

辅导员却一时不能缓过神来。她觉得就这样回去着实是睡不着觉的，就走进那栋宿舍楼里，找到了她住的那间寝室。辅导员从门玻璃看进去，11点就已经熄灯断电了的八人房里一点动静都没有。假使有人开着手机、电脑或是小夜灯，也都在听见了辅导员的脚步声之后给藏了起来。她们不知道来者是谁，也并不是害怕挨骂，她们只是为了回避不必要的麻烦罢了。

于是辅导员没有敲门，也没有告诉她们就在不久前发生的事。她有种奇怪的感觉，似乎她一开口说出来，刚才那个令她莫名其妙的突发事件就要成为既定事实，再也不可能在一觉睡醒之后化为一个噩梦了。这时她才相信主任的话：该在白天处理的事，就应该留给白天做。然后她慢腾腾地、像丢了魂一样，转身下楼，沿着道旁路灯幽微的光圈，也走回自己的住所去了。

后　事

到了第二天，该来的事情就都来了。

学校里传开了昨晚有人跳楼自杀的消息，就有各种各样的"据说"和"其实"在学校的论坛上和课间休息时沸腾起来。消息灵通的人拍下了那个工程现场的照片放在帖子里，可能是因为真实度太低，并没有被回帖的人们认可。不过最重要的是，大家都认为这自杀的大事件既然还没有被官方报道，没有成为一条由可信渠道发表的正式的新闻，那么它十有八九就是假的。

她的父母最先收到了那"可信渠道"的报告。他们闻讯急忙从镇里赶往这大学所在的城里来。夫妇俩也不管车票的价钱，买了最快的车次就上路了。这一路上，夫妇俩止不住地发蒙：这孩子从来都好好的，从来都是给家里争光的，怎么就突然什么也不说，就跳楼了呢？他们觉得到了学校，一定得找人问个清楚，好证明这孩子不是不负责任，更不是没出息。但是从镇里搭了大巴到县城，从县城坐上火车，到枢纽城市再倒一次车，到大学就得是第二天了。

甄主任就要求辅导员趁这个空当赶紧把她自杀的原因调查清楚，

好跟家属交代。辅导员没说出口的事件，最终也没能化成一个噩梦。

　　她的室友们是最先被问话的。辅导员问，你们发现她昨天有什么不对劲的吗？或者，这段时间遇到过什么不顺吗？比如有没有失恋，或者跟其他人有矛盾？

　　室友们说没有，没什么特别的发生。她们说熄灯后她就上床了，过了一阵，什么话也没说，就下了床。大家以为她要上厕所去，可她其实是去了阳台。阳台是大家晾衣服的地方，高处有一圈玻璃窗围着，窗户可以打开通风，平时也是开着的，没想到她爬到那上边从窗户跳了下去。平时她不太爱说话，大家也不了解她在想什么。过去的事情不知道，就她进这个宿舍这一年，也没见过她谈过什么男朋友，提起过什么喜欢的人。但其实大家学习都忙，没几个人有时间闲聊这些的。况且，一个人是什么性格，要去做什么，都是她的自由，别人谁也无权干涉。

　　辅导员就想，是不是马上要到期末，学习压力太大了？回头一查，发现她是经济系管理专业三年级的学生，三年来次次考试都在90分以上，是个名副其实的优等生。于是辅导员去问了几个给她上过课的老师。老师都表示惋惜，说她是个老实的孩子，学习一直勤奋认真，平时作业也完成得好，没看出压力过大的迹象。

　　辅导员纳了闷，有些走投无路了。既不是感情问题，也不是学习问题，她不知道还有什么别的原因能让一个女孩子下决心结束自己的生命。过去辅导员给这个宿舍里的学生单独辅导的时候，她总是那个最没有问题，最不需要找家长商量，也最不会被老师点名注意的。就因为这么让人省心，辅导员才记住了她的样貌。多可惜啊，好好的一个孩子!

但是没有办法，辅导员只得在她留在宿舍里的物品中寻找线索。这些东西本来应该原封不动交给她的父母，辅导员就一面尽量保持它们原来的样子，一面寻找比较特别的东西。

她的书桌收拾得很整齐，没有类似遗书的东西摆在显眼的地方。架子上的书除了经济学课本以外，全是笔记本、试卷和作业纸，不像其他孩子的书桌，还放了各种小吃、相片还有各种纪念品式的小摆设。也许是家里没钱买给她，附近看不到她自己的笔记本电脑。这样一来，既看不出她有什么特殊的兴趣，也看不出她的性格有什么问题。

辅导员看着，觉得心里不是滋味，或许是这朴素劲让她想起了当年苦读大学的自己。她翻开一本笔记本，最常见的一本横线格的本子，正如封面上标注的，里面是她去年下学期上统计学课的笔记。她的字迹细小而工整，是用蓝色圆珠笔写的，密密麻麻地填满整个页面。又翻开一本，又一本，《西方经济学》《宏观经济管理》《产业政策》《会计学》《管理学》《人力资源管理》《经济法》《国际贸易》《国际金融》《财政与税收》……全都是一个样子。

就在辅导员准备放弃的时候，才发现这新拿起来的本子上没写标注。带着疑惑与期待翻开它一看，这里面果真不是课堂笔记。虽然同样是工整的字体，这次用的却是黑色钢笔。本子的页脚都加了日期，想必是她的日记。

辅导员读了进去。这刚一读，就拿起电话打给了主任。

"喂？甄主任！是我！……对！我找着她的日记了，您一定得过来看看！"

真 相

2004 年 4 月 5 日

今天，校园院子里的樱花开了，桃花也打了骨朵。我在湖边散步的时候，就看见花瓣跟柳絮一起飘着，落到湖面上，但是漂着漂着，就不得不沉到水里去了。

我就是在那个湖边遇见她的。她坐在小石台上，腿上放着一本摊开的《海子诗集》，正望着沉到水里的花瓣和柳絮发愣。我看着她的侧脸，那个侧脸充满了忧愁。我觉得她美极了。也许是第一眼就爱上她了。

她看见我站在一旁，竟然跟我打了招呼！她说她叫林清悠，是中文系的学生，今年念大一。我说我大二了，但是没好意思说出自己这庸俗的专业。她就叫我学姐，笑着，问我在这做什么呢。我觉得是我赶走了她的忧愁，她是需要我的。

我们聊了一小会儿，我就说，我觉得你好特别，我们做朋友吧。

她就笑着问我，难不成，学姐喜欢女生？

我被她问得愣住了，不知道该不该说出来。怕要是说出来了，她会被我吓跑，会觉得我恶心。

但她却说，她看得出来，因为她也喜欢女生。

真是太不可思议了。

我觉得我们是因为缘分在那里遇见的，遇见她简直是我整个人生中的第一个奇迹。

我还跟她约好了，明天还一起在湖边散步，一起聊天。

期待明天的到来！

2005 年 1 月 1 日

就在刚才，艾芝音跟我分手了。

她说趁着新年的当，她必须得搞清楚自己想要什么，对她来说最重要的是什么。她想要的是绘画的灵感，是艺术的火花，而我已经不能给她提供这些东西了。

我对她来说，就是这么无价值的人，连当个模特也不够格——就算她是这届艺术系最有才气的女生，这样也太过分了吧？

但她说，不是我不好，而只是我们不再合适了。她说她知道我一个人也能过得很好，很快就能交上新的女朋友，毕竟我长得漂亮，又有 style，有很多女生都喜欢我。可是她错了，我喜欢的是她。为了她和她的理想，她的生活方式，我跟清悠又跟小育分了手，现在她却做出这样的事，我一个人怎么可能过得好！

但我答应了她。我不愿意她连我的自尊心都一并拿走。

我该怎么办才好？

谁来告诉我，我该怎么办才好？

2005 年 6 月 20 日

思绮，今天是你的生日。从你离开这个世界，已经过了整整一个月了。

我不知道，在没有你存在的这个世界里，我是怎么活过这些日日夜夜的。

　　我还记得，在我们刚认识的时候，我问你怎么选了哲学这么一个冷门的专业，你说，你是为了寻找生命的意义而来的。生命对你来说，从一开始就是短暂的，是看得见尽头的。但那时候我还不明白，还以为我们可以永远爱着对方，永远都一起聊天，一起读书，一起争论关于人生的问题。

　　我还记得，当你的病让你不得不休学回家的时候，你是多么竭尽全力地试图向我掩盖这个真相。因为你怕你走了，我就再也不相信这个世界，更不相信生活的价值了。可惜你是对的，思绮，现在的我就和你预想的一样。

　　在我把花束放在你过去常坐的轮椅上时，我还向你保证，我会替你去看今年夏天的第一缕阳光。我看到了。那么我就不必等到明年夏天了。毕竟季节循环往复，夏天的阳光无外乎都是一个样。

　　现在我也要去找你了。

　　生命啊，比起漫长的岁月，还是短暂的瞬间要好。

　　而死亡比生活要好。

　　因为那里有你在，有意义在。

这是日记的最后一篇。

这样，人们找到了她自杀的真相。

"昨夜凌晨两点，我校经济系管理专业三年级女生刘婷（化名）从宿舍窗口跳楼自杀，经抢救无效去世。女生似因同性恋对象因病去世，故产生轻生念头，意图殉情而死。为了各位同学的身心健康，我校心理卫生部门长期设有心理咨询及诊疗服务，随时欢迎同学们……"

否　定

她的父母听闻这解释之后，都表示难以接受。

"不会的，不会啊！我们家孩子很正常，不可能有那种心理变态！"操着一口乡音的妈妈说，为自己死去的闺女受到侮辱感到十分不平。

但是主任把那笔记本交给他们看，他们就默不作声了，只是瞪大了眼睛，一页一页翻着日记。夫妇俩的表情，几乎比听到自己孩子的死讯时还要吃惊。

最后，放下日记的爸爸发了话。他决定让女儿的东西再在宿舍里待上一阵，至少，要让她在这待到学年结束为止。

就这样到了暑假。

她曾经住过的那间宿舍被校方清空了，以安全问题为由，暂时封了起来，预备等事情的余波过去后再重新启用。甄主任就带着辅导员过来，负责收拾好她的个人物品，再给家属寄回去。

"可是……没想到咱们学校里出了这么多那什么，那个，同性恋。"辅导员在装箱的时候，又拿起那个笔记本看了一眼，仿佛从那以后，都不再会有人把它翻开了一样。

"甄主任，虽然学校公示的时候就提到了最后那个叫思绮的，剩下那些女孩子，咱们不应该负起责任单独教育教育吗？这都不是个案了，以后要再出这种事，没早点纠正她们这种心理问题的，咱们老师也有责任啊！"

甄主任正靠在贴了封条的宿舍门口用一本《读者》杂志扇着风，没有空调的八人间现在空无一人，只有七月中旬的惨白阳光透过窗玻璃打在地上。窗户都锁紧了，倒像是怕从这空屋里再能跳出个人去似的。

也许是闷出了太多汗，甄主任的反应慢了半拍。

"这事儿啊，唉，这事儿还没告诉你呢。你放心，咱学校正常得很，同性恋什么的，要有，也就这女孩儿一个。其他那些，都是她自己想出来的。"

"想出来的？您，是什么意思？"

辅导员暂停了手上马上就要干完的活，略微皱起眉头往甄主任的方向望去。主任把杂志扇的呼呼作响，眼睛不看辅导员，只瞧着门外黑洞洞的走廊说：

"哼，可不是，都是假的，根本没那些个人！我们把那里边写的名字跟系统上一对，一看，根本没有叫那些名儿的学生……我在这儿跟你说，你就别往出讲了啊。"

都是假的。辅导员的身子僵直着，两手落在了裙子两侧。她一时半会儿没能明白这代表了什么。这火热的天，这金灿灿的太阳，还有这空洞寝室的反光让她觉得自己仿佛还在那个噩梦里，她也是假的，而她真的魂儿丢在了另一个世界，丢在了现实世界。

"那——按您说的，我们的理解全错了？她不是殉情？那这孩子到底……"

"咳，我能知道吗？"甄主任挥挥手里的杂志，没让辅导员说下去，大概是想让她赶紧干完活，他好快点逃离这个蒸笼似的活地狱。

"你要知道，今年啊，听说光是咱们省里就死了十多个大学生了！有跳楼的，也有在寝室里烧炭的。我跟你说，现在的孩子都太脆弱，没责任感！生活那么富裕，条件那么好，啊？结果动不动就是什么心理疾病，一有病就要寻死。学校啊家庭啊，他管也不管你的。像我们那个年代，上得了大学就是福分，一个人上大学，那就是一家子人、一村子人上大学……"

辅导员一言不发地听着甄主任的忆苦思甜，低头给最后一个箱子贴好了胶带。

"收好了，主任。那，咱们去叫运货的师傅上来吧。"

这是一篇相对成熟的作品。这种成熟不仅是故事，而且是讲故事的方法。在整个同学们的小说中，大家的功夫多在故事、人物、语言上，而这篇《关于她自杀的事情》不仅顾及了这些，更顾及了"讲法"。难得！

依云的蓝

胡晓蓉

1

大学时光如此清闲，我养成了一个杀死时间的好习惯，就是跑到城郊里看杂草丛生的火车路轨，有时候在那里一坐便是全日了。

子健总要跟着我一起去，他总怕我想不开。

路轨一路向天，直到苍茫茫的视线尽头。黄昏的风徐徐吹过我发梢的时候，子健终于忍不住皱起眉头，开口道："你以为你这样是在呼吸清新的空气吗？不知道上面都是火车一路而来的排泄物吗？"

我知道子健只是想缓解一下尴尬的气氛。我却忍不住赌气说："你根本完全没必要跟过来。"

他长叹了一口气，与我肩并肩坐到铁轨上。

"家敏，你到底打算等到什么时候呢？"他似乎没有在跟我说话，眼睛只望着天际。

"当然是……直到找到他为止啊。"我突然愤怒地一把将身边的少年推倒，"你是不是觉得我所做的一切都是徒劳？你是不是觉得我没必要再找下去了？那你完全不用陪着我啊，过好你自己的日子就可以了！"

子健任由我歇斯底里地叫着，拳头砸在他身上，他那神情忧伤却并不像既往那样嘲笑我的矫情。

　　直到我用尽力气，瘫坐在铁轨中央。

　　其实我自己何尝不知道，在茫茫人海中寻找的人注定凶多吉少。即使真的是可怕的死亡，也比生死未卜的猜测更能让人释怀。

　　如果可以，我愿意把寻人启事贴满每一辆过境火车。这座城市，我遇到徐明的这座城市，堪称全国的交通枢纽，四面八方的火车几乎都会从这处经过。

　　我深信总会有人经过看到我简陋微薄的告示，可是徐明，你什么时候可以看见呢?

2

　　大概有些人的相遇就是命中注定。

　　我和子健自小相识，彼此父亲多年同学，感情深厚。只是他爸爸混得更好，成了小有名气的导演，拍戏档期爆满。我爸则只是在当地的影视基地负责招募群众演员。

　　我和子健的关系应用"青梅竹马"形容，如此俗套而真实。而我们和徐明的相遇，大概才更像一个故事。

　　高二那年暑假，我和子健突发奇想要跟去片场。假期开始的清晨，子健爸爸开着车来我家楼下去接我们，我迅速地溜上了后座，迎面就是子健的那张臭脸。

"你仔细点，这新换的沙发垫是真皮的。"一句话要我明白主客之分。

他给予我的冷嘲热讽多得让我能开个批发市场。我知他心眼不坏，只是从小养尊处忧惯了不知人间疾苦才毒舌狂妄。所以趁他下车，我吐出嘴里的口香糖粘在有他余温的沙发垫上。

影视基地远离市区枯燥无味，十七岁盛夏谁甘愿如此蹉跎？我闲极无聊，就去爸爸相熟的小导演那毛遂自荐跑一回龙套。

给我的角色是没有名字的大小姐，爱上了一个戏子被家里棒打鸳鸯。所有的戏份儿就是在出嫁途中被那个戏子一把拉出花轿。

仅一秒钟镜头，会有风掀起我的盖头。大概没有比这个更可有可无的角色了吧。

第一次浓妆艳抹的我披着凤冠霞帔坐在花轿里，忐忑不安地等待开拍，好像自己果真是惴惴不安的新娘子。花轿没走几步就剧烈摇晃起来，"他"来了。

火红的帘子被一下子掀开，一张浓墨重彩的脸映入我眼帘。

怎么，从戏台子上直接跑下来抢亲吗？连装都来不及卸，足见情深。

分神一瞬间，我就被他用力拉出了花轿。

导演一喊"停"，对方就骤然松开我的手，冲我羞涩地笑了。似乎因为牵了我的手而对我有歉意。现场开始清人，我却依然恍然地看着面前的"戏子"。花红柳绿的颜色涂满了他的脸，可一双眼睛依然溜转得那样好看。

散场后，我偷偷跟在他身后，一路向集体化装室走去。半路却被子健拦住，他看到我的样子笑得差点断气，并把一小瓶矿泉水塞给我。

唉，子健少爷就是娇贵，买个矿泉水都要选购法国阿尔卑斯山。如此骄奢淫逸的人，真应该好好学习一下八荣八耻的精神。

我突然灵机一动，抛下子健追过去挡住那个人，将那瓶阿尔卑斯山水塞给他。

浓厚的妆容掩盖不住诡异的目光，我说："这么热的天，你穿这么厚的衣服不热吗？"

见我坚持，他只好拘谨地接过，说了声谢谢。他看着手中的瓶子，眼中流露出心疼："以后你不要买这么贵的水了，我们跑一次龙套也赚不了几瓶啊。"

我暗自想笑，如此坦率直白对待陌生的我，他应该不坏。

然后，他再次给了我一个微笑，就如同松开我手时的那个一模一样。

犹如春风拂面，顿感人生美妙。很久以后，我如此对子健形容徐明最初的笑容。

然后他笑我太花痴。

3

没多久，子健爸爸要拍一场战争戏，需要大量"尸体"。我自告奋勇帮忙去找群众演员，打遍了爸爸手机里的所有联络人，终于在一个放盒饭的四角桌边找到了徐明。

他当时肯定是饿坏了，埋头将煎蛋塞进嘴里，抬头看到是我，眼睛惊讶地瞪了起来，样子实在滑稽。跟来的子健少爷忍不住直翻白眼。

"是你。"他咽下鸡蛋，不好意思地说，"上次，谢谢你了。"

"不客气，我叫钟家敏。"说完，我朝一旁臭着脸的子健撇了撇嘴，"他是子健。"

他很郑重地回答道："哦，我叫徐明。"

那是我第一次看到他的真实面容，眉毛笔直，双目含笑，最好玩的是他下巴有一个小小的山沟。据我所知，大美女林青霞就是这样的下巴。

他真好看，笑起来的样子那么友善，好像是被全世界疼爱着的人。

"尸横遍野"的戏拍了一下午。收工回家的时候，子健突然赌气说不带我走，我感到奇怪却也懒得和他争辩，就一个人去了汽车站。

当我在汽车站看到那个清瘦的身影，突然觉得应该太谢谢子健的突发神经病了。

回市区的途中，我和徐明聊了一路，知道他今年才十八岁，租着廉价房在这里漂泊寻梦。他半开玩笑地说："跑龙套很难糊口，业余时间我只好去做快递员。"

我好奇地问他给什么公司做快递，然后默默记住。

后来，我找各种理由往子健爸爸的片场跑。每一次，我都会在人群如织的片场一眼便找到徐明。他一直都在这部戏跑龙套，什么角色都演，有时刚被将军一枪打死，马上又跪在姨太太脚下求饶。

人生如戏，我感慨万分。为什么他只能演这样卑微的角色呢？明明长得不比男主角差。

虽然我经常能见到他，但没有机会说话，但他每次接触到我的目光，都会投以淡淡一笑。每一次的笑都不一样。如果说滴水之恩涌泉相报，那他大概是感谢我在三伏天递给他的那瓶"阿尔卑斯山"吧。

有天收工，徐明突然越过人群走到我面前，兴奋无比地说："告诉你一个好消息，我、我被提升啦！导演要给我男一号做替身呢！"

我故作矜持地笑笑："是吗？恭喜你呀。"

其实我一早就知道，这次的男主角极其傲娇大牌，文戏武戏近景远景一一都要替身。在子健爸爸愁眉不展之间，我趁机推荐了徐明。

"不知道为什么，第一个想告诉的人是你。"徐明摇了摇头，"感觉自从那天你给我一瓶冰水之后，我的运气就慢慢好起来了。之前，我可是十天半个月也接不到一次活呢！"

这话明明让我心中欢乐到爆炸，但我依然装出若无其事的样子，呵呵一笑转身离去。

刚转身我就骂自己，家敏，你敢不敢不这么装？热情一点会死吗？

4

自从徐明成了男主角的替身，我们三人几乎天天有时间就混在一起。子健起初对我推荐徐明一事颇有微词，好像我做了大逆不道之事，但他很快也被徐明吸引，因为他的确非常有趣。

我们三人时常在徐明没戏拍的时候躲在树荫下吃西瓜。他知道很多生僻恶趣味的知识。有次我无比憧憬地说高考之后一定要去台湾的小琉球，在那珊瑚礁岛上住小别墅，幻想着一边吃青蛙下蛋，一边观赏奇岩怪石、生态丰富的潮间带，绚丽动人的琉球晓霞，夜晚的灿烂星空及萤火虫，更可顺带玩各种水上活动、浮潜等。子健当然在不失时机地嘲笑我把自己塑造成举止优雅的白富美的同时，讥讽我钟情于这些奇怪食物。

徐明却一本正经地向我们解释道：其实青蛙下蛋就跟粉圆（珍珠）是一样的，因为其煮熟之后，中心会呈现白白的一点，看起来像是青蛙卵，因而得名。

我顿时觉得徐明知道的东西不少，心中暗地里为他加了分。

不过徐明的幽默感与子健的毒舌一拍即合，两人相见恨晚情深似海，简直要把我当成空气。好在我心态端正，只要能看到徐明笑着的样子就觉得足够了。

那部戏在暑假末尾杀青。徐明豪迈地说自己拿了很多钱，届时一定要请我们吃饭。

回到市区后，我养成了每分钟看一眼手机的习惯。徐明说他会联系我们，可是一连数周都毫无音信。

子健也忍不住指责："这人也太世俗，戏拍完了转头就把我们忘了。"他活像一个被丈夫抛弃的幽怨女子。

一天放学，我们却在学校门口撞见徐明。他手拿着两大袋子的新鲜蔬菜，一副等了我们好久的样子。

"你们开学之后我也一直没有闲着，到处打工也没空联系你们。"他解释道，"不过我说过的话不会不算数喔，今天到我家吃火锅吧！"

徐明租的房子离我们学校不远，却是最廉价最危险的城中村。狭窄肮脏的小路，行人随时会被楼上泼出的污水袭击，就连我都没见过如此凄凉的街景，更别提子健少爷了。一路跟着徐明走到他的家，我们的心情也渐渐沉重起来。

没想到，开门居然是一个十多岁的小男孩，虎头虎脑却看着很机警。

"这是我弟弟文轩。"徐明介绍得很坦然，仿佛他很早之前就告诉过我们他还有个弟弟。我和子健被突如其来的这事弄得不知所措，直到火锅开锅才缓缓地回过神来。

四张凳子一拼，铺上报纸就是一张临时桌子。我们四人坐着垫子围坐在旁边。盛夏时候吃火锅实在太有创意。

咬下金针菇的时候，我突然觉得好想哭。我第一次意识到人和人如此不同，之前只接触子健，以为所有人的生活都是他这样高枕无忧，还常常羡慕他更新换代的电子产品，以及随时飞到世界各地度假。而徐明，他独自在陌生的城市打拼，还要供养这么年幼的弟弟，没有父母资助，日子捉襟见肘。居然还有如此艰难的人生，看来我之前真是太肤浅。

我和子健，除了考试万事都不用操心，还整天喋喋不休地伤春悲秋，实在该被怒打一百大板。

一顿饭吃下来，子健少爷几乎要被徐明窘迫的生活弄得落泪，两人推心置腹简直要成为生死之交。而我，也对徐明生出了淡淡的喜欢之外更为深厚的情感。

虽然我也不知道那是什么。

只是，当我看到他微微皱起眉头说，"文轩明年就要上初中了，他成绩不好，择校费要交很多。"此时，我不禁大义凛然地拍着胸说："包在我身上吧，以后我有时间就来帮他补习。"

那样英姿飒爽一锤定音的拍板举动，在我此前此后我人生里，都不曾出现过。

5

"家敏，你知道矜持二字怎么写吗？"

从徐明家里走出来，子健就争分夺秒地挖苦我。

"我这是助人为乐，换着你的话可以吗？"我呵呵一笑，子健成绩远不如我，这是我唯一能还击他之处。

身为语文课代表，我怎会不知"矜持"的写法？但当喜欢的人于眼前，"矜持"两字又算什么？

可是当第一次给文轩补习，我就失望地发现徐明不在家，文轩人小鬼大地对着我笑。

我心不在焉地用手托着头看他写作业，觉得时间万般难熬。

"家敏姐姐，你是醉翁之意不在酒吧。"文轩抬起头突然说道。

我大惊拍桌，说道："你既然语文这么好也不用我替你补习了吧！"

他索性放下笔，用大人的口吻淡淡地说："如果爱，请深爱。"

我吃惊地看着他，这小子可真是深受网络流行语荼毒啊。

"小孩子不懂就不要乱说！"

"你胆敢瞧不起九五后？"这次换他拍案而起，"我们班都有不少人已经在谈恋爱了，你大概还没初恋吧家敏姐姐。"

如此真相从他这个毛孩子嘴里说出来，简直是深沉的羞辱。我正要发动攻势，却被他下一句话扔进了深渊里。

"我劝你不要喜欢我哥，他是祸水，桃花太多必定遭劫。"

我心里"咯噔"一下，仿佛打翻了一套杯具。

"你什么意思？"

"你不知道我哥的黑历史吗？"文轩摇头晃脑，"他之前在北京一家酒吧打工，很受欢迎，女孩子天天来喝酒只为了看他几眼，结果有次一个富二代吃了个大醋，差点没找人把我哥捅了。后来我们才逃到这里，他也不敢去酒吧了，虽然工资高，但赔上性命实在不值得。"

我怀着忐忑不安的心情结束了那天的补课，下楼时在楼梯间遇到刚放工回家的徐明。毫不意外，他迎脸冲我微微一笑。

很美好的笑容。可是一想到这样的笑容曾为他在那种声色场所从众多女孩子那里换来实际的好处，我就觉得无比的恶心。

世界上怎么会有这样的男生。他们美而自知，并且将这项资本充分发挥利用。表面上，他是为了养活弟弟，做临时演员，送快递，不知有多刚正顽强。可实际上，只要有好处，他都毫不吝啬他的笑容。

人怎么会这样复杂，真正了解一个人为何是如此困难。徐明到底是怎样的人，他对我和子健究竟是真情实意还是因为有利可图？

6

我依旧去给文轩补习，却拼命去抑制自己的好奇心不要再打听有关徐明的黑历史。徐明偶尔会在家，就陪文轩一起做作业。文轩想不出题目答案时，他看上去更为焦急。对面的我看着这幅兄弟情深的画面，心里依然忐忑不安。

而子健少爷此时此刻迷上了网购，开始在各大网站上挥金如土。他笑着说是为我创造机会，因为徐明正好负责我们这个小区的快递。

没过多久，子健突然鬼鬼祟祟地把我拉到学校操场的一角，煞有介事地问："你最近还在给徐明那个弟弟补习吗？"

我点点头。

子健似乎下定了决心似的："家敏，事到如今我不得不说。"

他扭怩作态的样子让我作呕："有话快说就是了。"

但是接下来的真相让我震惊得人生观碎掉一地。

几周之前，子健找海外代购的网站买了一只积家的限量版手表，东西从瑞士官网发货，经过海关以及当地的快递公司，一直到地方派件员再送到他手上。

"当时，就是徐明派件的。"子健吞吞吐吐地说，"我当着他的面儿把包裹拆开，一打开的时候就被吓了一跳，里面居然是一只文具店里二十元就能买到的劣质电子表！"

那时候，徐明还跟子健开玩笑，问他干吗要费老大劲买这么一只手表回来。

我脸色凝重地问："你的意思是，徐明偷换了你的东西？"

"还需要更明显的暗示吗？"子健耸耸肩，"可我当时不好发作，只说可能是我买错了。这事算我倒霉！"

"不能算！"我激动地说。这不可能，徐明不可能这么下手。

但子健斩钉截铁的样子让我好害怕。

我不知道，如果徐明真的是小偷，我该如何是好？

7

2013 年的冬天，我和子健一起去看了《少年派的奇幻漂流》。故事大概是说人的记忆不一定基于现实，而是能够透过自我催眠而窜改的。

从电影院出来时，子健问我："你相信第一个故事，还是第二个？"

我摇摇头。哪个我都不相信，我唯一印象深刻的，只是主角 Pi 的心里暗示强大到了足以窜改记忆的地步。

如果这是真的，那么谁来给我一个心理暗示，把我那个下午的记忆全部窜改？

如果可以，窜改后的版本应该是这样的：

得知子健对徐明的指控，我激动地一路狂奔去徐明家，誓要他当面跟我说清楚。开门的正是徐明，他看着我焦急的样子，立马将另一个包裹塞到我怀里，信誓旦旦地解释道，"我问过快递公司，快递在运送过程中的中转站弄错了。我正要打电话给子健呢，说手表已经找到了，叫他别心痛。"

看到手中的包裹，我松了口气，还跟他开玩笑："别管他，让他多担心一会儿！谁叫他老爱这么烧钱包的！"

然后，我开开心心地抱着包裹回了家。记忆就此结束了。

可是没有人给我心理暗示，我只有继续面对那"第二个故事"。

残酷得多的故事，却因为它的真实而如此无耻无畏地横行在我脑海：

开门的是文轩。

没等到他开口，我不知哪里来的力气，一把推开他闯进了屋子。只有巴掌大的房间，很快被我龙卷风一般地席卷过每一个角落。

"家敏姐姐你找什么呢？"他跟着后面奇怪地问。

话音未落，我的目光就落在破旧的书桌一角上的一个打开着的小包装盒。

里面躺着的手表太眼熟了，和子健给的看的官网截图一模一样！

我无法让自己的声音不颤抖："这是哪里来的？"我问面前的男孩。

"我哥拿回来的，怎么了？"他如此理直气壮，仿佛我才是那个掠夺者。

不记得我是如何走出大门口的，却感觉一出门口就无力地蹲在地上。我想大哭一场，却找不到一个理由。我固执地守在门口不肯走，一定要等到徐明回来亲自给我一个解释。谁知等来一个穿着貂皮大衣的庸俗女人，她用好奇的眼睛打量着我："你也是来找徐明的？你是他什么人？"

她的脸上散发着脂粉的香气，手上挽着的包也价值不菲。子健的妈妈就有一个一模一样的，据说花了三万多。

刹那间，我想起了文轩跟我说过的话。徐明的黑历史，果真是漫长无边际，剪不断而且还很乱啊！

我不记得自己是如何走回家，如何跟子健说出这一切的。大概只记得一个念头在脑海里反复波动着：徐明，此生大概不要再见到你才好。

有时候记忆这东西真奇妙，反正你可以随心所欲地修饰它窜改它，反正它只是你一个人的历史，再翻云覆雨，也不会有人在意。

所以，我那天大概真的很没出息，在子健面前歇斯底里大哭了一场。

他倒是非常看得开，"不过是数千元的手表，能让你认清一个人，总算是值得的。"

而我只是为自己难过，居然喜欢上了这样的人。我绝望地想：本想给青春留下一点纪念的痕迹，却留下了一个污点。

8

秋天很快过去，寒假转眼就来了。子健爸爸在影视基地又有新剧开拍，他问我有没有兴趣去看看，我拒绝了。

子健说他已经向快递公司投诉，徐明就算不赔钱至少也会丢了这个饭碗。

不知道为什么，看到子健大快人心的样子，我并不觉得开心。

徐明也知情趣，我们多次不理会他之后，他就再没有发短信打电话过来了。大概他知道我们认清了他本来的面目，不会再傻乎乎地被他利用，也就放过我们了。

反正，喜欢他的女孩太多。

可整个寒假，我都过得心不在焉。

除夕前夜，我收到一条来自徐明的短信。

"明天就是我杀青的日子了，最后一场戏希望能让你看到。"

简单一句话轻易在我心中激起了涟漪。我终于知道自己输得彻底。第二天清晨，我就坐上了去影视基地的大巴。没有通知子健，哪怕他嘲笑我一句，我也会瞬间丧失再去见他的勇气。

谁知道子健神通广大消息非常灵通，半路就接到他对我横加指责的电话。教训我完毕，又提醒道："你到了现场小心点，我爸说今天有一场大场面的爆破戏要拍，会很危险的。"

挂了子健的电话之后，我的心就狂跳不止。

等我赶到拍戏现场，却发现人声鼎沸，场面一片混乱。嘈杂的人声不断冲进我的耳朵。

"怎么会呢，这个烟火师是最有经验的，从没出过错。"

"还好炸到的只是一个男替身……"

"是啊，要是炸到真正的男主角估计剧组卖了都不够赔吧！"

我心急如焚地拨开议论纷纷的人群，看到一副担架从我面前缓缓抬过。担架上躺着的，竟然是我再也认不出来的徐明。

我追去医院，子健和文轩很快便赶了过来。我就知道，即使徐明如何不堪，我们依然不能彻底放任他不管。当我们看到文轩疯了似的敲打着急诊室的门，看到他手上还戴着劳斯来斯的手表，我心里突然一点都不怨徐明了。

就算他是小偷，他也许只是让唯一的弟弟开心。

我想子健也看到了，他什么都没有说。

医生走出来，将徐明的伤情告诉了我们。"病人情况很严重，全身百分之二十五的皮肤组织被烧伤，即使病人能挺过来，后期的修复手术也是浩大的工程。"

文轩激动地大叫："钱不是问题！我要导演赔！哪怕要赔光整个剧组呢，也一定要救回我哥！"

子健战栗了一下。

出事的剧组正是他爸爸的剧组，我突然意识到了这次意外的严重性。

我们三人在医院的走廊呆坐了一整夜，眼睁睁地看着堵在医院门口的记者换了一批又一批。

文轩裹着我们的外套在长椅上睡着后，子健突然问我："你说，徐明会好起来吗？"

我点点头。"肯定会。"等他好起来，我会把一直以来我对他的心意告诉他，不管他曾经是怎样的人。

徐明，如果你身上有太多的阴暗面，那么我就只喜欢你好的一面，不就行了吗？

9

第二天，我们得知徐明醒来了，但不能见人，要度过至少七天的感染期。

媒体依然穷追不舍，子健每天都跟我说他爸爸在家里愁眉不展，烟灰缸刚倒空又扔满。

谁知一周的感染期刚过，徐明就从医院消失了，连主治医生都不知道他什么时候走的。

我不相信他会这样一声不吭就消失，去他的出租屋找他，可那里却换了租户。

连文轩也一起消失了。

徐明的消失，让准备对此事围追堵截的媒体扑了个空，他们失望地退散，很快又有了新的关注点。

他消失的最初几天，我和子健都不愿相信这个事实，也根本不知道徐明为什么要这样做。

后来，那部戏很快被喊停，子健的爸爸更是遭到变相的封杀，从此无戏可导。子健从养尊处优的少爷生活一夜突变，一时还不能接受现实，竟然一病不起。

我去看他，他双眼无神地躺在床上。我气不打一处来："你居然还有心思生病？你为什么不想想徐明？他那么重的伤，一声不响地就跑了！你还有脸撒娇！"

子健依然没有看我，只是说出一番让我捉摸不清的话来："家敏，我知道你一直看不起我，我自己也是。我羡慕徐明，他靠自己活。我喜欢你，可我一点都不能放下奇怪的自尊。现在我真的不在意了，我们去把徐明找回来，治好他。"

我突然动容，将子健轻轻揽入怀里。

曾几何时，我们都懵懂无知，依附父母而活，成天混吃等死。若是这样一场际遇，让子健从此脚踏实地，让我也能明白人世间的无常冷暖，那大概也不完全是件坏事情。

10

后来，我和子健规规矩矩好好学习，考上了北京的大学。上了大学之后，我们所有的闲暇时间都拿去贴寻人启示。即使被城管追得满街跑，我们也没放弃。

徐明的电话已成空号，我们只好用古老的办法来找他。

那天依然是我抱着一沓寻人启示，他提着一桶胶水和刷子，突然我被一个少年撞了一下，子健突然反应过来，拎着桶就追了过去。

直到在人潮涌动的路中心将他逮到，我才知道他刚才撞我的一瞬间偷走了我的钱包。

当我们看清少年时，却都愣在原地。

竟然是文轩。

在我和子健的围追堵截下，他终于答应和我们"坐下来聊聊"。

"文轩，你哥都不管你吗？"我问。

"我知道你们为什么找我。"一坐下，他就开门见山，"可是我也不知道他去了那里。"

"你当弟弟的能不知道？"子健问。

他却摇了摇头。

在我们诧异的目光中，这个我至今不知道完全姓名的男孩，将徐明的故事告知了我。

他并不是徐明的亲弟弟。

他们只是萍水相逢。从小无父无母的文轩在街头流浪，过惯了偷鸡摸狗的生活。第一次见到徐明的时候，他正站在面包店的门口，贪婪地看着橱窗里的蛋糕。这一幕被一旁的徐明看在眼里。徐明把他拉回来，给他买下那蛋糕，带他回出租房，给他买书，送他去上学。

可他依旧改不了小偷小摸的毛病，在学校里很快受到排挤。因为不想输给同班男生，他也怀着复杂的心情偷偷替换了那个包裹。他并不知道是子健的。

文轩叹了口气继续说："我哥深知道爆炸事件对剧组的影响之大，他怕除了负面新闻还让剧组摊上经济负担，就一个人偷偷溜了。那天晚上，他要我帮他买车票，他说他要回老家。"

"那后来呢？"我焦急地问。

他再次摇了摇头。

"我帮他买了票，要他平安到达之后就给我来个信。可我再也没有收到他的消息。"

关于徐明的过去，就连他"弟弟"也不全知。他隐约记得徐明提过自己的身世，他父亲很有钱，有网上卖化妆品起家。可是后来，父亲为了牟取暴利，真真假假掺在一起卖。他记得，很小的时候，有被假货害得几乎毁容的顾客打上门来。那张脸难看得触目惊心，实在让他无法忘怀。那张可怕的脸总浮现在他眼前，仿佛一座警钟，让他十几年来都活得循规蹈矩。后来，他离家出走，不想再用父亲坑蒙拐骗来的钱。他想靠自己，靠干净的钱活下去，哪怕人生如此艰难。

漂泊在外，他吃过很多苦，这种关头，他只有苦笑一声，告诉自己：就当我是在为父亲所做的一切，赎罪好了。

这就是我们的故事。

如果我是这个故事的作者，我一定会给徐明这样的结局：

徐明平安归家，父亲痛改前非，一家人从此过上平安喜乐的生活。

可我终究无能为力，生活才是那个无情的书写者。

文轩离开的时候，从衣服口袋里掏出了一个小东西给我。

"这是我哥一直留在身边的。"他低头说，"他失踪后，我把它从出租屋里带走了。"

我的手心里，躺着一枚淡蓝色的塑料瓶盖。

"我哥说，这是他唯一喜欢过的女生送给他的，我想那个人是你。"文轩说，"我不是个好孩子，当初还弄到我哥亲戚们的联系方式，以他的名义找他们要钱。害得他们千里迢迢来找我哥，我们又被逼搬家。"

我恍然大悟，原来那天的貂皮女人，是这样的来历。

可一切终将太迟。徐明留给我的一切，只剩下这枚瓶盖。

淡淡的蓝，依云之蓝。也许他会一直记得，我在那个夏天追上他，将这瓶矿泉水塞给他的情景。

那是不是他一生中最美好的画面呢？

对我来说，是的。

点评

　　我没有阅读"言情"或说"网络"的小说经验，但我知道这篇《依云的蓝》或多或少有那样的成分，尽管如此，我依然喜欢。因为，作者是有许多的"写作经验"，她把故事讲得那么纯洁、那么抓人、那么一滴一滴地动人之心。四个年轻少年，各有心思、性格，带有"网络语言"句式的叙述，一层一层地剥开故事的核心、人物的内心。这让我看到了同学们不一样的写作之好、之追求。

　　文学没有定规，也许我们偏爱所谓的"纯文学""严肃之学"是一种偏爱、错觉。怎么能说金庸不是一种成功，怎么能说纯粹的言情不是文学的一种，正是从这个角度说，这同样是一篇难得之作。

逃离

杜
源
源

逃

"嗨，去哪儿？"你按下开门键的时候阿姐笑着问你。哦，去哪儿呢？能去哪儿呢？

你想逃离，躲过无趣的课堂，逃出海边的校园，离开拥挤嘈杂的香港。你走着走着，越走越快，接着跑起来，小跑到快跑，听着海风呼呼呼呼呴哮，去哪儿呢？香港那样大，那样繁华，可是没有一处是熟悉的；故乡那样远，那样亲密，可是回去又会被人笑话。你卡在了海边这个角落，不能进一步，无法退一步，逃不开，离不去。

你继续奔跑，在树林间，在山坡上，蓝紫色的天在灯光的作用下透着一丝魅惑的性感，涛声依旧汩汩奏出自然最原始的歌唱。你撒开脚丫子，乘着风，尝到一丝飞翔的味道。

你逃离到人类逃亡的时候。地球已成死球，人类历史即将画上句号，但我们不甘心，我们要繁衍，要生存，要永恒，要继续去滋养或破坏各个时空。地球不行了，逃啊，逃到外星去，去火星殖民，去月球上做嫦娥吴刚。可是，在外星球怎么活呢？"开动脑筋，用尽精力，花大价钱，不遗余力去改造外星的大气，水，土壤，启动射线保护建筑"，你瞅了瞅 NASA 的企划，听见自己的声音"改变环境基本是不可能也是难以持续的，我们现在连地球都改善不了，谈何改造外星，为什么不试着去适应环境，改变我们自己"。一瞬间，批评质疑甚嚣尘上，嘲讽你爱做怪物，讥笑你没有头脑，贬低你要断绝人类生存发展，讽刺的是，研究者的方向却全转移到如何运用生物科技定向改造和变异人类上。人嘛，和所有畜生一样，是现实的动物，还有什么比生存，比繁衍，比有自我意识的永恒的繁衍更重要的呢？再说了，科技早已开始悄无声息地改造人类，整容风潮后一模一样大眼高鼻梁蛇精脸的网红，减肥风波后大批不动不吃厌食厌世依赖代餐粉排便丸医疗系统过活的营养不良患者，还有全民参与的"四眼改造"信息时代产生的"竹竿腿潮流"，为了时尚，为了生存，我们，毫无顾忌。研究者的效率一向很高，马上，通过基因改造，人类能够成为无脊椎，厌氧生活，无性繁殖，转换太阳能，遭遇不测立马休眠的微小物种，说白了，就是个有脑子——那个所谓区别于低等动物的有了就能俯瞰整个宇宙的东西——的大病毒。你看到了变异后所谓人类的形态，胃里一阵翻腾。这还真是个除了生存，繁衍，思考，什么附带功能和配套情感都没有的怪物。你，不愿这样。

讥讽的是，不论之前的质疑有多尖刻，批评有多尖锐，所有人都饥不择食般争先恐后报名接受改造手术和移民手续——手术包括基因改造，后续疗养，直至完全更换躯壳和生存形式；移民则是装载数十亿微小变异人的空空荡荡的火箭单程前往外星球。一如抢春运火车票的前赴后继，大家力争早报名早改造早移民，除了你——计划的提议者。地球慢慢空了，人类渐渐在重新洗牌的改造下不分等级地全部逃亡，只剩下你，吸着灰尘样的空气，喝着泥膏般的水，吃着最后一点积压的粮食和蔬果，不紧不慢地完善你的逃亡工具——时光机。你不愿再跟着无知的他们一直往前逃，逃向未来，殖民，开拓，一路加快生存步伐，一路实施缩小化自取灭亡式的发展，你不要"进化为"没有情感没有器官不会享受只有回忆和思想只能生存和繁衍的怪物，你决定向后逃，逃往过去，做一个只能活在时空与时空缝隙之间的幽灵，游荡着，徘徊着，一遍遍抚摸，亲吻，拥抱自己的曾经。而这也正是时光机的原理，大力搅动时空，把时间线连成一个环，环内是不同时空间的缝隙，若徘徊在缝隙之中，不需消耗时间和能量，没有具体的形体，只是一个悬浮的有个体意识的灵魂；而人，只能游走在自己存在过的时空中，一旦超出自己生命范围的时空界限，灵魂和肉体都将灰飞烟灭，一如你生前死后；而且，由于时间线的限制，人只能从现在走向过去，经历和成长相反的过程。

　　当最后一批变异人也滚上火箭被发射升空，那条燃料线逐渐缩短成点又逐渐缩小直至消失在天际，你回到自己居住的密闭盒子，躺好，开启时光机。逃去哪儿呢？到妈妈的肚子里吧，看看那段被完全遗忘的时光。

离

大部分人乐于盯着手机静静等电梯，结着伴儿缓缓踩楼梯，一大桌人挤在图书馆里合作学习。她不。她讨厌电梯，讨厌教室，讨厌学校，讨厌这里，又不能实时买一张机票随时回家打死不再来，只有每天怀着逃离的心情按部就班过着度日如年的日子。每天穿越厚重防烟门里密闭阴暗的楼梯，即使环绕着浓浓的二手烟，遭受合伙吸烟孩子的白眼，偶遇老鼠花蛇飞蛾的尸体；每天跑过静悄悄黑乎乎的停车场，即使地面湿漉漉空气潮乎乎蟑螂密麻麻；永远小跑在路上，一手按着肩上的双肩包，一手前后摆动，不知是在远离人群还是想逃离这个地方。除非必须出门时，她都待在墨绿门内狭小的单人宿舍里，留着光圈最小的台灯，全身软软趴在书桌上，眼神涣散在张角一百一十度的笔记本计算机屏幕，还留有书写茧子的右手消遣式地一把一把地把零食灌入口中。

顺着时间移动的是在播电视剧的字幕条，屏幕上患有社交恐惧症的漂亮女孩儿一步一步顺着帅气邻居的救援之手被迫式地走向人群回归尘世。而她，依着顺着电视剧的集数，半推半就地远离人群，抽离自我，像一条少了九十八条腿的蜈蚣，反方向往社交恐惧和自闭靠拢。

"一切的社交恐惧都源于不自信"，往嘴里填入一块饼干，你看破红尘般轻蔑睐睐屏幕中的姑娘，无意间却对应上自己。屏幕中，姑娘接连惊恐地拒绝好意，脚步匆匆慌忙躲避人群，锁上房门关起窗帘却又忍不住好奇偷偷掀开窗纱一角；饱食缺血的脑袋自动涌起自己的社交挣扎，嘴唇微噘，表意不明，是自嘲，是无奈，还是仅仅嘲笑无趣的狗血。

　　初来乍到时，想融入集体的想法跟外婆煮粥时沸腾的米油似的炸了锅，可一看见同学富的高的聪明的见过世面的你就成了扔进油锅炸的蛆虫，嘴角扯不起笑容，声带发不出声调，手脚麻木，四肢僵硬，全身向后缩。学校的迎新活动，小礼堂里，一大群一大群人挤着闹着盘腿坐在脏兮兮的地板上，音乐很响很嘈杂，活蹦乱跳的主持人站在临时搭建的小舞台上说着潮语戏弄香蕉和黄瓜，众人手舞足蹈窃窃私笑自由奔放得花枝乱颤，一系列所谓刺激的引人晦笑的玩弄年轻人生理心理和肉体的游戏，或许让别人感到亲密亲近亲切吧，你不过是个局外人，不懂玩不会玩不想玩，立在自己设立的玻璃屋里，在夏日众人火热的拥挤中，瑟瑟发抖地看电影，颤颤巍巍地想逃离。学校组织新生坐大巴游览香港。集合时，你靠在大堂的石柱后，远远观望嬉闹的激动的精心打扮的青年们，越热闹的地方，隔离感越强，你冷冷望着驶来的大巴，又打通了父母的电话。小声在听筒中啜泣，悄悄远离人群，回到了父母下榻的旅馆。当天下午，是父母离开的日子，离别的最后时刻。把父母送上地铁，在母亲嘴角张开欲道别的瞬间，你转身离开，眼泪顷刻泄出。

　　短期的沉寂封闭后，你不甘，也的确主动过，自告奋勇代替整组做报告。意料之内，你脱颖而出，但你下台后的自卑自贬失落丧家之感依旧未改，活动课堂上干干无聊无趣浪费生命地立在那儿，自卑到不敢向前，对自己失望到一直念妈妈。即使有一位同乡主动找你谈天，你没有强颜欢笑也不假装幽默反倒坦诚告白足足说了五个钟头，从《海上钢琴师》的城市恐惧，香港的文化荒漠，到自我的温室成长，把内心挖了个大半，早晨睡下的你也只是后怕是否透露太多秘密。和这些优秀富有的前辈同辈一起，你不自觉树立自己默认的隔离，隔离，隔离。于是，始终像鸭子展翅，你主动挥挥翅膀又把自己包裹起来，不去飞，不想飞，保持沉默。

一个人的中秋，黑色的八号风球，只有QQ邮箱祝福的十八岁生日，充电十小时也等不到通话两分钟的国庆长假，那个秋季，只有啜泣的背景音乐循环反复。任凭它刮风下雨，艳阳高照，狂风肆虐，假期狂欢，你只顾想家想得涕泪淋漓，抱着听筒边哭边睡，活像个抽水系统损坏的马桶。

她刷剧的速度极快，和消耗零食的速率十分搭调。漫无目的地看，快进，快进，快进；自虐式地吃，快添，快添，快添。存在的意义只剩下规律性上下咀嚼的嘴，生活的表现光有每天产生的大包食物垃圾。现在耗费时间的是屏幕上能看见鬼的阴气孩子，怀着对牛鬼蛇神的恐惧，孩子生拉硬扯死缠烂打能使孩子恢复常人状态的阳气男，对孩子而言，阳气男就是百年一遇命中注定安静安全的防空洞。

你睫毛下垂，无声笑了笑，"防空洞又不是没找过，找着自然有用，找不到只是徒增恐惧而已，战胜恐惧哪能凭防空洞，比恐惧更强烈的情感，是勇气吧"。你找的防空洞，是基督教。传说中，上帝是会帮助你度过痛苦的。你千方百计找到基督教团契的时间地点联系方式，在某个周三晚上赴约。读《圣经》，解《圣经》，围桌忏悔，共同感恩，大声许愿，歌颂赞歌，听着可有可无牵强附会的感恩，你忍住没笑出声："上帝啊，这个礼拜我计算机游戏玩儿多了，罪过，请上帝监督。""上帝啊，我妻子的过敏好了，是您的帮助，感谢您。"只有最后一个环节是人人喜欢的，分享食物，可是由于经费问题，好像大部分糕点都快过期了。"这个防空洞不太牢靠，信则安神，不信则荒谬至极。"第一次参与就决定放弃，却出乎意料认识了一名工科博士生。

可能是他本科生活太用功，或是院系女生太少，抑或是父母拳拳叮嘱博士时期要找个年纪小没主见的女孩儿谈感情，这名博士生盯上了你。要到联系方式，一天三头的私信；问一回数学题，天天监督你是否完成数学功课；外出小巴上偶遇一次，三天两头咨询你"在干吗呢"；朋友圈儿里头透露的生日和宿舍地址，辛辛苦苦赶在生日当天送上生日礼物；在饭堂遇到，死活不让你各付各的餐费。你承受不起啊，脆弱的承受不了不受人关注的状态，又接受不了被一个陌生人过度关心的生活，怎么感觉都是"骚扰"。你无奈，又无处求得帮助。一狠心，把礼物饭钱收到的东西在图书馆通通往他怀里一扔，微信各种社交软件通通拉黑，饭点不上饭堂，学习不上图书馆，就连上学都尽捡偏僻少人的道路，只为避他。或许是那人着急了吧，特意找团契的大姐姐来做工作，你更加仓皇而逃，把自己关在宿舍，久久不敢出门儿。真是悖论：希望关注和保护，又害怕过度的关心；好奇别人的生活，又不敢奢求；妄想回家寻求关爱，没胆向爸妈提，也就真成了妄想。

　　或许是内心深处对关注的欲求，你是采取过极端方式的。可惜，这是一个真正自由的学府，也是一个真正冷漠的地方，没有人约束，管制，关心，理解你的任何行为和心理。说句难听的话，这是个你死了都没有人知道的地方。你的心空落落的，每日以泪洗面，忍受刺骨的冷气，两天一觉，一觉睡半天；三天一顿，一顿吃三餐；哭到气喘吁吁，歇斯底里；尿路感染，你尿频尿急尿不尽；虫咬皮炎，浑身红疹瘙痒满地打滚。跟家里诉苦，一家人跟着流泪；不找人哭诉，也无人问津和在意。你试着约见心理医生，在一个五十来岁短发眼神犀利趿拉着拖鞋的女人的办公室里，你带着两行热泪诉思乡思家之苦，接着擤着鼻涕陈述内心要如何乐观勇敢地适应新生活，表达对朋友闺密导师充实生活的向往。女人听着频频点头，最后总结一句"你想得很到位，努力适应就好了"，又把你打回原形——好似我自说自话挺有觉悟不需你帮助似的。你被迫滚回自己世界的角落，心疼到无泪可流，独自舔舐伤口。

　　计算机屏幕上是一名七重人格分裂的精神病患者的故事。她突然发觉，她异乡人的生活，不过就是不知不觉逐渐远离真实的自我，好似在体内饲养怪物，把自己催眠，囚禁，潜藏在黑暗的房间，成为一具行尸走肉的空壳，冷漠苍白的心跳维系物理性的存在，轻浅细微的呼吸也只是苟延残喘。努力地好好活着的过去都只剩下依稀的记忆。

　　大病后好艰难保住的性命；面色苍白，四肢冰冷，手指萎黄，舌苔薄，脉浮数，身体如置冰窖的数年；父亲陪伴着一点一点运动恢复的身体机能；和母亲搂着臂弯买菜逛街轧马路，跑医院泡书局流连厨房和药铺，弹弹琴读读书晒晒骨头和衣服，每日正午和傍晚家里屋外中药味儿十足。那时读书，只是远离多虑痛苦的一种方式，像住持捏佛珠呢喃佛经似的，不求走心，只求安心。上学吗？想去便去，朝九晚五，迟到早退，像个退居二线的老干部。这样不像学生借着中药吊着命的孩子，还就摘了中学的桂冠，过了大学的面试，莫名其妙跑到大城市去了。邻里亲戚议论纷纷，看她顺眼的骄傲，瞅她不爽的忌妒，没啥关系的羡慕和窃喜，出个高材生，这小区房价可见得涨喽。离乡前，她还似乎有过想法，不甘于闲言碎语，计划着一个人过的充实努力自由。现在，眼花缭乱的都市倒是把努力生活的自己弄丢了。厌食暴食，厌学厌世，逃离躲避，淡漠打发过活，把好不容易从鬼门关抢来的人生从高处摔在地上拱成盛满菜汤的垃圾袋。

她拉开窗帘，推开窗户，海上的阳光铺在房内，在脸上镀上一层金光。纵身一跃，长颈白身的海鸟高声欢呼滑过，不知是由于天鸟人海形成的四条并行线，还是你体内剥离的真实的自己。

点
评

　　这篇小说的文字很独特、肆意狂欢，却又始终围绕着人物灰暗、失落的内心，从电梯开始，写环境、显氛围，由此而人物的内心，显出了一种层次。唯一不足之处，某些地方，有种文字堆砌的感觉。

红与白

罗旭

母亲——

鸦青色大理石竖立在水泥地，空间被分割成狭小块状，像一排排抽屉的小方格，摆放零落孤单的灵魂。清晨的公墓，鸦雀无声。

她着素衣缓慢行来，步子浮软，放下水果篮，慢慢点上三炷香，又掏出几颗红色喜糖摆在贡品中间。

"儿啊，我对不住你！妈来跟你说声，你哥的婚礼明天就要办了。"

她伸出手指轻轻摩挲遗像："你刚下葬不到俩月，原来不想这么快……可咱老规矩，家里有白事，要么百天内做红事冲喜，要么就得等三年以后。你哥年纪也不小了，而且对方那姑娘条件又不错，漂亮能干，跟你哥可般配……恐怕过这村就没了这店……"

墓碑不言，一排黑色字"胞弟郝尔百之墓"像毫无生气的眼珠，冷漠地望着这世界。

一片死寂中妇人终于忍不住落下泪来："你别难受……妈知道你心里一定不好受……原本你们兄弟俩一起办喜事，你看，连给你结婚的东西妈都准备好了。真的！说起来，你对象也懂事，这段日子忙前忙后都陪着咱家……"

脚步声响起，有群人来看望后面的那排墓碑，她后半句声音低了下去，"你爸……唉，酒喝得越来越狠了。只能指望你哥劝劝，他也只听你哥劝了……幸好走的不是你哥……唉！我不是那意思！"

"你别误会，妈绝对不是那意思！你走了咱一家可难过，要不你爸也不会天天灌酒是吧！"她语速快起来声音也大了，不在意外人听见，"那啥，守夜那晚听你对象说你的心事。你哥性格活些，没让爸妈操过心，毕业又找个好工作，从小到大妈和你爸是关心他多点……但你俩都是爸妈的儿子，我们怎么会真的偏心啊！"

身后那群扫墓人抽泣起来，涌起涨潮一样的哭声，盖过她的声音。她愣住了，担心墓里人听不到自己的话，不知如何是好，只能继续用手擦拭墓碑上的灰尘。泪眼模糊，死硬的石板仿佛随她的身体在细微晃动。

城里的公墓不像乡下，草地化作灰白水泥，配着鸦青色的花岗岩墓碑格外冷凄。水泥是少数几种不受人类控制的建材，水泥与沙虽然按比例调合，但每次出来的样子纹路都不同。有的白色偏多，有的黑色偏多，甚至浓黑褶聚一起。黑白凝结，散发出一股了无生命的寒意，好似万千灵魂在无声呐喊。她紧了紧衣领，想起家里的地板，也是这样寂寒阴冷，就像自己数年一日的家庭妇女生活。

丈夫养家工作忙，每个他夜不归宿的夜晚，她对着冰冷的水泥粉光墙壁和地板，是谁敲响她的房门陪她说话？啊，她只看到大儿子越长越优秀，跟邻居拉家常时就指着他给自己长脸，却忘了角落里不敢发声的小儿子。她偷摸给考得好成绩的大儿子买新玩具，望着小儿子的脸却叫出大儿子的名字，可看到那孩子脸上一闪而过的失望？即便俩兄弟是一模一样的双胞胎，但她这个母亲，若不是长久的忽视和偏爱，怎么会分不出十月怀胎的亲子呢？

喧闹的人群终于散去，她恢复平静："是妈偏心，妈对不住你！你没有你哥优秀，可你就这样，是妈乖巧安静的小儿子，妈怎么能要求你跟你哥一样啊？妈多想你还活着，弥补你，把为你准备的结婚喜物都用上……我们从小叫你二白，叫你哥大红，想不到真成了红白喜事。这都是妈的错！我知道，你爸总在外边喝酒不着家，也是妈的错……"

妇女猛然抬头，灰白发丝被风吹起。想到被葬礼耽搁而未定的离婚协议，她面露痛色，连退两步，不愿再面对，捂住嘴跌跌撞撞离去。

父亲——

男人的脸满是纹路，和长期睡眠不足带来的暗黑面色。但他紧抿嘴唇，目光凛然，面对墓碑站得笔直像块硬板。

"二白啊，你妈这几天老在我耳边唠叨。芝麻大的小事，唉，女人家就是婆婆妈妈。栽培大红忽视你是对不住你。但白发人送黑发人，是你的不孝。"

他从公文包里掏出烟，点上狠吸一口，吐出一圈晕纹。

"要说对不住，我更后悔不该由着你们的性子，快结婚的人了，不专心工作非请假去福建搞什么婚前旅游。结果你哥受重伤总算逃过一劫，你倒好，直接撒手走了！"男人指责的话说得飞快，"从小就不懂事！跟你们说了多少遍注意安全！早听我的话，就不至于这么年轻就去了啊！"

说到这里他猝然收声，长叹口气。手头的烟明灭，他抬头望望惨白的苍穹。好久没看见整片的天空了。

他上班的地方在市中心。早年的绿地改建成钢筋水泥，城市像灌溉植物一样播下摩天大楼的种子，立志变作一座巨大的建筑森林。于是楼层吭哧吭哧不断往上爬，楼间距越缩越小，天空只剩下一条条狭窄的罅漏。高楼大厦密密麻麻编织成一张看不见的网络，纵横交错，如同蛛丝般紧紧缠住每个人的脖子。

儿子想逃离城市，其实，他自己何尝不想逃离这张网。

开始是为了让妻儿过上好日子，他上班比人早下班比人迟，加班、应酬、跟老板跑业务，觥筹交错虚与委蛇之间，酒精渗入血液，侵蚀他的斗志。等到日子好起来，这种不回家的习惯顽疾一般地养成，他在网里拼命挣扎，终于忘了出发的起点。

妻子越发衰老无趣，而他却在上升，话题越谈越少价值观越差越大。小儿子像母亲，胆小怕事成绩也不好，对他的训话总是木木的没反应，说不了三句就失去耐心。唯独大儿子有自己的影子，努力能干是他的骄傲。他着力培养，回家都为了跟其谈心，对方也能听进他的话，让他备感舒畅。当他认定小儿子无法养成大儿子的精明能干，他放弃了他。或者说，他从没对他有什么期待。

两家老人先后离去，儿子们毕业有自己的生活，他更没了回家的理由。然而温情无处寄托，他正当中年是男人最好的年岁。这样的念头刚开始打转，便有片片缕缕的诱惑拂面而来，他终于喘不过气来的蛛网觅到喘息之地，偏安一隅。不过这些，就是他不想跟儿子说的了。

"唉，二白啊！"他又嗑了口烟，然后把剩下半根倒竖在香炉上，"你这孩子从不让人省心，我们还有你大哥，可你对象只一个丈夫，你就算年纪不大，但该懂什么是男人的责任吧？"也是，爸妈对兄弟俩关注的这点小事都放心上，果然没长大！

这样一想，他气又直起来："事已至此，我就当只有你哥这一个儿子。虽然他最近经了事反而转性……但毕竟是家里的顶梁柱！明儿你哥结婚，我打算把这些年的资产都给他，省得……你在地下安心吧，我也安置你对象给她一份钱，别让人说亏待了……"

他大概拿不准称呼滞住，叹口气，终究没继续说下去。伸手拂了拂墓碑上的落叶，男人起身离开墓地。

爱人——

"已经两个多月，我实在受不了……明天我不会再来，我要去过新生活了。"捧花而来的女孩双眼浮肿，面色发白。摆上花跌坐坟前，她紧绷的身体逐渐软下来，再抬头已是满眼泪光："尔百，我对不起你。你就当我跟你爸妈差不多，都抛弃了你吧。"

从理论上说，应该是郝尔百弃了她在这世上。但她说不出他爸那样狠心的话，尤其在亲眼看到未婚夫四肢分离、头颅被列车残骸就地压扁的惨状以后。

她跟尔百是做义工遇到的。他高高大大的个头，瘦得像竹竿上撑了件外套，一脸困顿。没想到这傻大个颇为心细，对有自闭症倾向的小童眼里透出柔和，一会儿蹲下身细语轻言跟他们说话，一会儿又拉着手带他们做游戏。城里的日子战战兢兢，他的温存成了她贪念的梦乡。他喜欢纯朴乖巧，她就做出绵羊般的样子来与他相处，又瞒下自己失过身的前科。然而美梦即将成真、她就要披上婚纱之前，现实以一种撕裂的方式汹涌碾压。

　　她吸吸鼻子，甩甩头，每当噩梦袭来她就用那些温暖的回忆驱赶梦魇。但这回失灵了。她无法克制不想起那天的场景。

　　婚前旅行原本是她的主意，没过多久尔百来告诉她，二人改为四人。她问为什么要跟他哥和他哥的未婚妻一起，他嗫嚅半天只叫她别问了。那就不问，他小时候跟家人的隐痛她清楚，自然不去戳伤疤。

　　怎就那么巧，因为票务紧张，他们只买到两张下铺和两张上铺，于是兄弟俩自告奋勇去了上铺，就此跟两妯娌暂别。那时她满心想跟未来嫂嫂拉好关系，对方美艳出众，光芒让人不敢直视。车厢全速前进，她躺在晃荡的铺上听对方谈笑风生，时而应合几句，倒也说不上哪里不好。

　　车子侧飞出去的刹那，有生以来她第一次体会到飞翔的感觉。她下意识紧紧抓住栏杆，钢铁与水泥地摩擦产生的火花瞬间刺亮她的眼睛，仿佛穿山过水从另一个世界扑面而来的风。

　　四周一片尖叫，后来她无数次自责，在那个当口她一丁点儿都没有想起自己未婚夫的死活，只惊恐地牢牢把住栏杆，祈祷老天爷自己能活下来。

三个小时后她和已经昏迷的嫂嫂被救援出去，一路断臂残骸的景象让她在担架上几欲呕吐。她看到孕妇的头被削去一半，还有脸被挖得面目全非的老人，以及数不清的断手断脚。然而这一切的冲击都比不上第二天在医院找到尔百的时候大。

两个姑娘所在的车厢位于追尾列车的中段，因而伤亡较轻。但两兄弟正好位于车尾，脱轨的列车掉落桥下，巨大的波浪连铁皮车厢都被碾得粉碎，更不要说旅客了。

那是她第一次看到活人进出的脑浆，盯着压扁的尸体愣了好久的神，莫名不肯相信那就是她的郝尔百。直到大哥郝笪宏拄拐杖一瘸一拐走过来，用颤抖的声音跟她确认。

她眼睛发红回头再望那副血肉模糊的残躯，忽然哇一声吐了出来。

事发时郝笪宏正巧去隔壁车厢上厕所，躲过一劫。后来他们说别吓坏老人，这血腥的一幕就没告诉郝家父母。郝母也就算了，没想到郝父第一句话是"幸好家里的顶梁柱还在"，气得她甩头就走。郝笪宏忙拉住她低声安抚，她想起尔百的声音，恍惚间误以为爱人还在身旁。她盯着对方的面庞，迷恋上欺骗自己的感觉，终究按捺不忿，勉强留下做完白事。

可是后来，每次只要再坐地铁，列车高速穿越黑暗的地下隧道时，她都会想起那种幽暗热辣的感受，仿佛夹着烈火的风又向她迎面打来。尔百支离破碎的残骸和扭曲的头颅更是夜夜纠缠梦境："你为什么不跟我一起死？"她看见黄白色的浆水从压扁的脑壳里一条条流下，他瞪着半颗眼珠对自己冷笑，"你骗了我。我知道你已经不是处女。"

她尖叫否认，一次次从梦中惊醒，终于崩溃了。她知道要好好活下去必须离开这些记忆。明天大哥新婚，原本也该是她的好日子，如今物是人没，她只能重新开始。

她掏出口袋里的纸巾，拽了一张用力响亮地擤把鼻涕："我要走了，我没办法在城里再生活，我要回到乡下去，回到减速的地方。"她出自尘土，本就不属于这样在天上飞奔的脚步，这样千篇一律对灵魂的轻率。

"早知道这趟旅行遇上事故，我死也不叫你去呀！说起来，还是我害了你！"天空开始飘起白雪，轻轻落在这鸦青色的墓碑上，她一千三百零七次说出这样的话。

"你不用这么自责。天灾人祸谁都不能控制，跟你无关！"熟悉的声音在身后响起，在这寂静的坟地里仿佛鬼魅般向她袭来。她忍不住惊叫起来。

兄弟——

"你别，别害怕！我是郝笪宏啊，我是笪宏！"那人忙解释般安抚。

虽是双胞胎兄弟，长得像也就罢了，怎么声音也这么相似。她惊魂未定看着对方跟遗像上一模一样的脸，恨恨地想。每次大哥跟她说话她都莫名想起尔百。

也许因为事故中没救活弟弟，也可能晓得两兄弟关系的隐情，她总觉郝笪宏对自己有种不能言说的愧疚。对方八面玲珑的性子，唯独跟她在一起嚅嚅喏喏、欲言又止。有一个瞬间，她几乎要把他当成自己的未婚夫。为了防止这种错觉延续，她更要离开。

"小，小赵啊，你别太难过了……要真说起来，我这个亲哥也有责任哪！"

"明天婚礼不能出席了，提前恭喜。"她悻悻打断对方的慰辞。

"还是，还是要走啊？"他显得意兴阑珊，"好吧，那一路顺风……噢，不对，是一切顺利！路上小心啊！"

对方愣愣的样子又让她想起尔百，终于笑了："这回我坐的是慢车，放心吧不会有事。祝你们新婚快乐、幸福美满！"

女孩离去，他失神地看白裙飘摇，喃喃："也希望你过得好……我对不起你。"

回过神来，对着石碑他又补了一句："我也对不起你啊……哥！"

黑色碑文"胞弟郝尔百之墓"冷漠地望着他，惨白色雪花轻轻落在他身上，他忽然感觉墓里躺的就是自己。

雪花簌簌而坠，恍如白色纸钱飘扬。他是生活在阴影里的人。爸妈大概原本就认为只有大哥这一个儿子。

胆小怯懦是被逼出来的吧。从小到大，他只配用哥哥穿小了的衣裤、玩哥哥撅断一只脚的变形金刚。父亲没耐性理他，母亲眼里也只有给她争气的大儿子。至于那个乡下姑娘，她想嫁给自己肯定多半为了城里户口，不然怎么出殡俩月就匆匆离去。他愤愤地想，压抑内心翻滚的不安。她以为自己在我眼里单纯善良，不过也是世人中的一个。宁愿相信孩童的无知无害，也不要相信这世界。

哀乐骤起，唢呐曲怨怼凄婉。公墓又来了一群白带黑纱的送葬者，在两排以外进行下葬仪式。其中一人在做墓穴的地方打个木桩，然后用锄头在木桩的范围内挖三下。接着又几人过来挖穴，再把灵柩上首朝上，用撬棍往里面推。遥远的地方有人唱起挽联，长歌当哭，戚戚漫布，似在安抚不桀的灵魂。

"只有她……"他呆呆望着这一切的发生，喉结颤动，声音渐低，"哥，我从没跟你说过其实我也喜欢嫂子吧。看到她的时候我得到了拯救。只要你能把她让给我，我就原谅前半生的不公……"

不是不爱自己的女友，但她平凡如草芥，如同自己的一面镜子。而大哥的未婚妻俏丽明艳，仿佛神女般光芒四射，照亮他黯淡的生命，他的目光总不由自主瞟过去。郝笪宏提出一同旅游的时候本想拒绝，嫂子闪亮的眼神在眼前晃，他不知怎么就应了。为什么我只配次等，而你总可以得到最好？

在断壁残垣中搜到郝笪宏尸体的时候，心头有个声音扑通扑通跳动，积攒了数年的热血冲上头，他在旁人的眼光中故意抢上前去伏尸大哭："弟弟啊！我的弟弟！"

"哥，当时你死得真是惨啊，我看着心里也难过。"捞起祭品堆里的喜糖，他剥掉糖纸，丢进嘴里，"我对不住你，但不得不这样做。这是我最好的人生，从天而降脱胎换骨的机会。你在地下安心吧。爸的资产我替你接收，妻子我替你照顾，所有一切我都接手。"

从小到大的相处让他对郝笪宏的言谈举止了如指掌。谁说他不如他优秀出色？是这世界，从没给过他机会罢了。

就像终于走上台前的B角，他表演完美，没人看出破绽。但他们真的不曾发觉马迹蛛丝吗？也许根本是那些人不想认出，他们宁愿相信自己想相信的事实。于是他瞒过了所有人，包括自己。

原本就该这样，郝笪宏就是他，他就是郝笪宏吧。

"小时候大家叫我大红叫你二白，现如今这红白喜事接连举行，可不就应验了吗？"他拍了拍灰振衣起身，对着跟自己长得完全相同的遗像深鞠一躬，"郝尔百，你安息吧。我要去准备我的婚礼了。"

点评

　　很喜欢这篇小说，它使我想到了日本作家芥川龙之介的《竹林中》(《罗生门》) 用这样的写法，使得过度戏剧性的故事得到了化解，使读者的目光集中在了"悬疑"和"猜想"上，而故事的悬念，矛盾"真实"等，都被"形式即艺术"安置在了恰当的位置，甚至作者要表达的人物、欲望，反因此得到了加强。

仙家

廖晨翔

一

千云山，顾名思义，一年四季总是白云缭绕，仿佛透着一股缥缈出尘的气息。传说，山上住着一群神仙，每当山下的人诚心祈求，神仙总会脚踏彩霞自山上飞下，拯救世人。这样的传说自然引起无数有心人窥探，但吊诡的是，每当这些窥探者踏进山上里，过不多久便是原路折返，对山上的云雾全然束手无策。

山上有神仙吗？有，也没有。

此刻，曾凡正在小心翼翼地控制自己的飞剑，尝试做出人生中第一次试飞。

他把银白色的飞剑平放地上，双脚踏上去仅以脚尖支撑；双手捏了个咒，大喊一声："起！"

飞剑起初只是微微地振颤，后来振慢缓下，竟是真的要慢慢飘浮起来了！

"咿呀！成了！"曾凡兴奋地大叫道。

没想到这一叫，踮起的脚尖一滑，整个人就翻了个跟头掉到地上去了。

　　这么一个跟头，摔得狼狈那是不用多说了。曾凡却没有气馁，马上站起来，拍拍身上的尘埃，便继续挑战。

　　片刻后，飞剑又再度稳当地升起。吸取了上次的教训，曾凡此时再也没有胆量去大声呐喊了。抑制住心中的激动，他小心翼翼地操控着脚下的飞剑左摇右摆地向前缓缓飞去。

　　蓦地，一阵怪风吹来，曾凡这样一个初窥门径的飞行者如何抵挡？眼见就要被怪风吹离飞剑，他再也顾不上形象，只能弓着身子紧紧拽着脚下的飞剑。而飞剑失去操控，在这猛烈的气流下只能随波逐流，带着曾凡被风卷到不知哪儿去了。

　　高处总是不胜寒，千云山高度何止千丈？在这样的山峰上自是狂风阵阵，偏偏曾凡在这方面的认识如同白纸一样，洁白无瑕，不可能更无知一些了。

　　无知，往往是要承受代价的。

　　就这样，这股狂风带着曾凡四处飘荡，直到他看到面前是一面高耸入云的绝壁。

　　"哐当！"犹如平地一声雷般惊心动魄的撞崖声响彻整个山头。

二

　　"你们听说了吗？"

　　"怎么了？"

"据说有人御剑飞行失控，撞上开山之宝千心玉璧，好像掌门因此事而异常震怒呢！"

"不是吧！"

走在街上，曾凡不断听见路人在窃窃私语，内容都是关于自己试飞失败的丑事，心下自是慌乱，好在他本来脸皮就厚，而且天生总是一副事不关己的模样，看上去倒也无甚异常之处。

蓦地，一道霞光自山巅的殿宇飞出，仔细一看，却是一只仙气飘扬的白鹤。

白鹤张开双翼于天际盘旋几周，蓦地光芒大作。

众人只觉一阵刺目，无法睁开双眼。

片刻，光芒渐渐消失，山腰的众人睁开眼，白鹤不知所踪。唯独天上出现一行行的蝇头小字：

若无掌门许可，不得擅自御剑飞行，违令者死，实时生效。

门派弟子登时一片哗然。千云派上千年历史，门人素来以门派自由奔放的风气为傲，没想到今天掌教下了这样一个禁飞的命令，一般门人只觉得上头貌似要大有作为了，有心人更是嗅到一股不寻常的气息。

而曾凡呢？他什么都没想，对一个不问世事的人来说，无论那些高高在上的人物干了什么，只要不惩罚自己就好。

三

议事厅内，一干人等正在就掌门新颁布的法令讨论着。

"掌门大人，属下认为此事不妥。"站立于大厅左侧首位的老人恭敬地道。

"嗯？"居中而坐的掌门听得此言，眼眉挑了挑。

"属下认为，掌门刚刚接任不久，此时不宜大改本派一贯的传统。以免有心人会借此机会造谣，削弱掌门威信哪！"

"不妨！"掌门说罢，便眯起双眼，再不作声。

议事堂内其余人等眼见掌门心意已决，便知再说也是无用，唯有徐徐退下。

就在众人都离开了议事堂后，掌门缓缓张开双眼，散发着异样的神采。

"天助我也。是我的，终究是我的。"说着，他双手用力一握，不由自主地笑了出来。

四

千云山上所谓的神仙，其实是一个古老的宗派。上古时期，一些有翻天覆地之力的大能传下修炼之法，让有缘人也能脱胎换骨，拥有莫大神通。而千云派便是千年前开派祖师李桥来到山上观光，欲开开眼界，看看千云山这难倒无数人的迷阵到底是怎么一回事。没想到却身陷于山上，受困其中七天七夜后，机缘巧合之下竟是走出迷阵，进入山腹之中，并发现一套七册《千云剑诀》。起初李桥还以为这《千云剑诀》不过是一些糊弄人的小玩意儿，没想到一看便觉其所载之功法博大精深，当下深陷其中不能自拔，便于此定居，潜心修炼功法。待得十余年后，便觉若此等天书只得自己一人察看实在有违天和，自此之后每隔三年便会下山一遭，一来可寻访故友，顺道和他们公诸同好；二来也可凭着通天的本事警恶惩奸、造福百姓；三来更是四处收留一些因战争、瘟疫、饥荒等事故而流离失所的孤儿，带他们回山按各自资质授予他们《千云剑诀》前三册，让他们得以重获新生。

千年来，李桥早已仙去。但门人每三年下山的做法依然如故，是以这样下来，千云门的人数自是不断增长，而山下村民们也于是传有仙人降世一说。

然而，千年以来，千云派并非一帆风顺。第五代掌门在位期间，便有邪教觊觎千云山这块宝地，千方百计渗透进山。到得掌门惊觉时，才发现门派中已有四成人被邪派牢牢掌控，只得忍痛下狠手，将邪派一干人等尽数斩杀。此役令千云派元气大伤，但同时也令一干妖魔鬼怪认识到千云派掌门的手段，自此亦不敢再轻言进攻。到得第十三代掌教，邪道终又大举进攻，而此次手段更为厉害。在位掌门竟被邪道中人以秘术操控，把《千云剑诀》其中三册拱手相让。所幸当时门派大弟子严道谨当机立断，先是果断斩杀掌门取而代之，后是振臂一呼把门派仅余力量扭成一团拼死抵抗，才堪堪击退外敌，让千云派得以存活。遗憾的是，镇宗之宝《千云剑诀》自此残缺不全，后人更是无法得窥全豹。亦因此，严道谨决定以千云山一面绝壁为纸，把自己所晓得的五册《千云剑谱》刻于其上，好让后人能作参考之用。

这面绝壁，便是几百年来门人珍而重之地保管着的千心玉璧。

是以，当听得有人御剑撞向玉璧，大部分门人都震怒异常，对门派所颁布的措施更是大为同意。但也有一少部分人觉得事情不至于严重如斯，掌教的命令似是矫枉过正，与门派崇尚超然于世间束缚的自由相悖。

一道命令，便立刻把千云门中弟子分成两派——一边是以门中大弟子严业为首，支持山上的禁飞行为；而另一边则是以二弟子梁望为首，主张门派应保有自由风气。严业作为大师兄，无论是修为、处事等各方面都出类拔萃，在门中的号召力非同凡响，他的阵营在人数上自是占优；但偏偏梁望那边却都是一些行事乖张剑走偏锋的刺头，要论整体实力的话反而占优。

自命令颁布后，双方已经有多番不大不小的摩擦，梁子也算是结下了。几次交锋，互有输赢。值得玩味的是，掌门自始至终都没有阻止门下弟子斗争，似有默许之意。于是便有人做出解读：很有可能，掌门此刻便是在选定继任人，以便往后二十年能作重点培养。这番不知是谁作的分析一放出来，很快便传遍门中上下，自此双方的斗争更是激烈，好几次甚至都差点儿闹出人命，若不是严业梁望二人有默契的同时制止，恐怕年轻一辈已有几个翘楚要命丧黄泉。

当然，除了这两大阵营以外，还有一些人总是抱着事不关己的态度，而整件事情其中一个最大的推动者——曾凡，自是在此之列。

五

演武场上剑光交错，煞是好看。

"封平，你这招是在替我搔痒啊！"

"是吗？让你看看这式后手！"

若单只听得二人的对话，莫不以为二人在友好切磋。但事实上，场下千云派门人看到二人所使出的剑招，俱知道招招杀招，一个不慎，便会落个身首异处的下场。

如此场面这几个月以来屡见不鲜，严梁二派的人总是可以一言不合，然后大打出手，而且火药味更是愈来愈重。

场下观众主要以双方支持者为主，但此时，恰好有个不属于双方阵营的人路过。

作为门派中资历最浅的弟子之一，曾凡自从上次捅了个马蜂窝后便再也没有机会学飞了，当时尽管没有人知道他是肇事者。虽说曾凡对于门派下的法令不大关心，但终究没那个胆子去违反规定。于是，自那之后，曾凡学的剑法，便主要改为飞剑的剑招上的应用。此时此刻，他本打算到山中的铁匠铺去买几种对自己温养佩剑大有好处的矿石，没想到却在此看到二位师兄比剑的场景。这不看犹可，一看便是目光再也无法离开了。

《千云剑诀》博大精深，每一册都详细记载了上千种剑谱，虽然每种剑谱大相径庭，但却又有互相借鉴之处。是以此刻，曾凡正练习的是《千云剑诀》上入门的《小千剑》，但通过观察二位师兄的手法也实在大有裨益。

凝神间，但见演武场上那名唤作封平的师兄蓦地挽了一个剑花，手中蓝白色的飞剑一抖，竟是如若毒蛇般紧紧绞住了对手的剑。封平暗自运功，蓝白色的剑竟真的化成一条斑斓大蟒，狠狠地朝敌人持剑的手咬去。另一人刚才没少嘲笑封平阴柔的剑法，哪会想到片刻间自己一个不留神，局势竟会急转直下？际此关头唯一良策便是撒手认输，但正所谓"剑在人在，剑亡人亡"，一个剑客若放弃了自己的佩剑，可谓奇耻大辱。

"吼！"

进退两难间，一道状似雄狮的烈焰横空而至，堪堪挡住了大蟒的攻击。

"封师弟，住手吧！"一道豪迈爽朗的声音响起。

"可是……"封平不甘心地欲要反驳。

"同门切磋，胜负既分便当留手，万勿伤了同门之谊。再说，你道大师兄便没有制止你的想法了？"只见一个魁梧的身影"噔"一声跃上演武台，拍了拍封平的肩膀。

看到演武台旁一个白衣青年，封平心下也是了然。当下也只好住手，拱了拱手，说声："承让。"便随同壮汉离去。

败者也无甚表情，拾起自己的剑，便往白色的身影处走去。

"师兄，对不起。"他懊恼地道。

"没关系，好好体悟这次的对战吧！封平的剑法刚好克制住你，再有下次对战你也得倍加小心。"白衣青年没有怪责，反而脸带和煦的笑容，平静地道。

一旁的曾凡看到这个白衣青年，不由得想起一个人——大师兄严业。而刚才的魁梧大汉，正是二师兄梁望。没想到，自己出来一遭，也能看到这两个风云人物，啧啧，这个运气啊！

"不过，运气归运气，这两个人，确实和我没什么关系。"曾凡如是想到。

六

两年过去，曾凡的修为已经大有精进，但他那种对周遭事物毫不关心的态度依然如故。

两年时间，说长不长，说短也不短，但也已经足够发生一些事情了。大师兄二师兄之间的斗争还未分出胜负，但山上禁飞一事所引起的波澜却已渐渐平息，双方的矛盾也没有了以前那种拔刀相向的意味在里头了。

说回来，山上禁飞以后，没听说过谁真的成为许可人士，除了掌门偶尔会以王者之姿环山巡视，倒也没见过其他人飞行。起初，门人弟子对此都不甚习惯，但两年时间，足够他们对此习以为常，也再没有掀起什么风浪。

曾凡如往常一样，径直走去铁匠铺，要买些矿石来温养自己珍而重之的宝剑。

忽然，山巅的大殿一阵闪光，如同两年前一样，一声清脆响亮的鹤唳自大殿响起，声音在整座千云山上回荡着。

熟悉的一幕再度出现，人们都知道掌门又有重大法令要颁布了，不然不会如此郑重其事。

果然，这次又有新的法令，众人一看，竟是：

> 千心玉璧乃本门重大秘宝，理应妥为保藏。任人观看之举，虽让本门上下受益，然此举徒增本门秘籍外泄风险，实属不妥。故从今日起，千心玉璧区域封锁，唯特许人士可入内修炼。

通告一出，门派上下无不哗然。

七

茶馆的一间小房内，坐着两人，只见一人张狂，一人儒雅。

"这件事怎么看？"魁梧的大汉首先问到。

"不寻常。"儒雅公子平静地说。

"我也这么认为。"壮汉稍稍喝了口茶。

"所以……你决定了。"

假若有第三者在的话，看到眼前这两个人如此言谈甚欢定然会呆得作不了声。

二人赫然是严业和梁望！

梁望继续说："这道命令着实令人生疑啊！我说，两年前的那次就已经不对劲了。你到现在还是无动于衷吗？"

"我只是忠于门派，掌教如此所为，必有他的理由。"

"哈哈！我也没有说服你的打算。不过，这件事情得留个心眼儿。"

"我会的。"

"明晚我和大伙儿会去试探。你们就别掺和了。后天这个时间在这儿碰头吧！"

"你就那么有信心？"

"还没说完呢！见不着我的话，你也应该仿效仿效你那严道谨老祖宗了。"

"这些事就先别说吧，喝茶。"严业阖起双眼，不再吭声。

就在大家都以为二人是水火不容的死对头的时候，有谁会猜到他们竟然有这样的交情呢？事实上，两人作为千云派的领军人物，性格确实迥异。但即便性格大相径庭，二人都是门派中的翘楚，所行之事都以门派的利益为重。在嗅到掌门作出连番不寻常举动的时候，二人也有默契的交流意见。

片刻，严业打破二人间难得的安宁。

"可是，他不像。"

"位高权重，没有什么像不像的。"

"你想，他要这么做，只是为了集权吗？"

"不知道，但表征来看，集权这个目的错不了，其他的我就不知道啦。"

"他要这么做，不用等到今天。先任最后五年，早就把一切都下放给他了。"

"谁知道呢？或许当初是在隐忍也未可知。大奸似忠。"

压抑的沉默。

八

议事堂内一片嘈杂，讨论气氛正是热烈。

只见掌门懒洋洋地坐在位子上，俯视一众想劝谏的长老们。

"掌门！此事万万不可啊！"一名姓李的长老大声疾呼，俨然是众人之首。

"对呀！掌门！还请三思！"

"掌门！恐怕这样门人会造反哪！"

"掌门！此事于门规不合！本门素来便是鼓励门人弟子多学习多修炼，您现在这个颁布的命令，对祖宗不敬啊。"其余长老随声附和。

但是，任凭长老用何等激烈的语调去劝说，掌门依旧是一副懒洋洋的模样。

过了一会儿，众人看掌门依旧不为所动，心下也是有些怒气：好歹我们也是门派长老，你如何能如此毫不尊重？

于是，为首的李长老再也不留情面，冷声说："掌门似乎也太不把我们放在眼内了！"

"的确，你们不值一提。"

此言既出，长老们都呆住了——这还是十几年前的"仁者"张华吗？想当年，张华带领千云派一众高手四处剿灭邪教巢穴，于门派、于苍生大有功劳，更重要的是，他待人谦厚、秉性善良，被派内誉为当时最具王者风范的仁者。也因此，他得到当时掌教的赏识收为关门弟子，并顺理成章地继任掌门。可说是年轻弟子的典范。

但就在刚刚，一番如此狂妄的话，竟会出自他的口中，这让众人觉得匪夷所思。同时，他们也清楚地了解到，现在的张华，或许已经不是他们认识的张华了。

权位真的让人如此变质吗？在场的长老不由自主地想到。

"既然如此，得罪了。"李长老说罢便抽出背后的赤霄剑，向张华攻去。

身为长老，李长老的修为自然不可小觑。只见他的赤霄剑化作一匹孤狼，择人而噬的目光甚至带着实质的杀气，让空气为之一凝，但此时，张华却依然纹丝不动。

"嗖！"剑尖以迅雷不及掩耳之势朝张华的鼻尖刺去。

就在剑尖堪堪要碰到张华的时候，他动了。

张华伸出食指，朝李长老的剑一点。

李长老脸色忽然一变，身体一软，口吐白沫倒下了。

其余众人脸色不由得一变，张华的实力确实高得离谱！

九

和严业喝了一会儿茶后，梁望此时心情并不好。

本来他的算盘是希望能得到严业的帮助，这样行事才会有点把握，没想到，严业迂腐得要命。这下胜算就有点儿低了。

还有一天时间，梁望在想究竟这段时间有什么能增加自己的把握。

修炼？别开玩笑了，不靠谱。

再找严业？这更不可能，他愿意保持观望态度已经算很好了。

唉！还是喝酒去吧。

梁望的酒虫已蠢蠢欲动了。

这个时候，曾凡正在看书。他手中握着的，是《定风诀》。

事实上，曾凡是个不折不扣的修炼狂。除了修炼，他什么都不喜欢管。

《定风诀》，顾名思义，是一本关于控风的功法。曾凡看这本书的目的很明确：既然门派不让我御剑飞行，那我就这么飞总不成问题了吧？

千云门作为剑修门派，许多手段都离不开修者手上的飞剑。是以，根本没有人想过有人会不依靠飞剑来飞行。曾凡呢？他很喜欢剑，但剑不能飞，那只可能找些别的方法。这点倒是其他人都不曾想到过的。话说回来，曾凡飞行的天赋其实着实不低，他在人生中第一次试飞便成功琢磨到其中诀窍，可谓万中无一。而凭着他在飞行这方面的天赋，他两年来不断钻研这本《定风诀》其实早有所成，要飞个几十公里那也是个轻松活儿了。

十

梁望看了看身边十几名师弟，点了点头，说："走吧！看看老家伙的底细。"

于是，一行十几人唤出飞剑，一跃而上。

破空飞行的声音不绝于耳，众人竟是直接就御剑飞行，而目的地，赫然便是山巅的议事厅。

推开议事厅门，一股腥臭扑鼻而至，众人尽数走进厅内，看清楚情况，不由得大惊失色。

映入眼帘的，赫然是一具具长老的尸体，无一例外，统统都口吐白沫，唇色发紫。看样子，早已死去多时。

"你们来了。"一股阴寒如同九幽般的声音自议事厅的座位上响起。

千云派弟子哪里知道这位人人敬重的掌门人，便是屠杀十多名长老的罪魁祸首。

梁望看到眼前的狼藉，心下一惊，但既见掌门在此，便道："敢问掌门，此间发生何事？"

"你不需要知道。"张华冰冷的声音再度响起。

"啪！"议事厅门竟是无声息之间已经关上。

梁望知道，自己一干人此时绝无幸免之理，便唯有硬着头皮，厉声道："兄弟们！抄家伙！上！"随即亮出自己的兵器，加劲运功，一头凶猛的火焰雄狮登时照亮了整个厅堂。

其余人等也纷纷效法，一时间只见议事厅内一大堆狮子老虎蟒蛇熊，五光十色，好不亮丽。

十一

曾凡在夜空中自由自在地飞翔着。

过去两年，他总是趁着夜色的掩护，偷偷试飞。的确，没有了飞剑夺目的光彩，谁也不会留意天空有人在飞翔。

就是因为这个原因，曾凡可以说是门派里无剑飞行的第一高手——因为其他人根本不会费劲去学这招。

曾凡喜欢飞，是因为在一望无际的夜空里，他可以尽情地找出夜空中最亮的那颗星。虽然，其实，每次他直接指出个月亮就是了。

今晚的星空依然亮丽，依然是一片祥和。

蓦地，曾凡听到一阵阵兵器相交的声音。

"叮叮当当"的声音，和天上一闪一闪的星星，那是有多般配呀！

飞行中的曾凡，终于留意到原来兵器相交的声音，是来自庄严肃穆的议事厅。

"要不要去探个究竟呢？"

"还是算了！这和我没关系呀！"

他很是心安理得地想到。

此刻，严业内心也是相当焦急。他知道，梁望已经出发了。而此行吉凶难料，到底有没有问题，明天就知道了。

有那么一刻，严业想召集其余师弟到议事厅闯一闯，但转念又想，相信掌门吧！他是为我们千云派立下汗马功劳的"仁者"。不会有错的。

议事厅内，横陈的尸体在一瞬间又多了几具。

梁望看着生平大敌，心中懊悔的很。早知道就不要托大，要是有一名师弟守在门外随时逃逸，那援兵肯定就能来了。但现在说什么都晚了，只能拼了。

张华看着眼前如同雄狮般的男人，心下也是叹息一声："可惜了你这么一个好坯子。我要开创的皇朝，你也应该有份儿的。不过，你值得我拔剑。"

二人对视。

战局如何，没有人知道。

但可以肯定的是，如今的千云派，不再是以前的千云派了。

　　这篇可暂名为《千云》的小说，意外是篇"武
侠"，是武侠就要求好看，故事跌宕、节奏如风，文
字也有其侠意古意。是而这篇《千云》全都做到了。
这是一篇"未完"的小说，它把巨大的悬念和吸引
力留在了后边……

　　注：此文原题《千云》，收入本书时本
文作者改为《仙家》。

四
年

孙依萌

"啪嗒，啪嗒，啪嗒。"

逐个摁掉灯和电器的开关，此时的小店里，细微的声音也被放大成巨响。关门，上锁，再拉上厚重的防盗门帘。"咣"的一声，一整天的忙碌在这一刻终于到了尽头。应该松一口气的。转身的时候，面对的这条街道空无一人，大多商铺已经打烊，大门紧闭，只有零星几个商铺的招牌还亮着光。这时候我会觉得，香港，这座人们口中的不夜城，在这个时间、这个地方，也终于沉睡得像个不谙世事的小孩子。

从我的店到住的居民小区要走很长一段路。昏黄的路灯把周围的景色照的模糊晦暗，影子被拉的时而很长，时而很短。偶尔有车呼啸而过，意识到的时候，它带来的风声都已经停下，一切又像从未变化一样平静。

回到家，妻子还在辅导儿子功课，看到我，淡淡地招呼了一句。洗澡、刷牙，和妻子相对无言地睡去。

日子也就这样一天天过去，不起波澜。昨天的影像和今天的影像在很大程度上是重合的。早晨被同样的闹钟叫醒，晚上走同样的路，店里顾客来来往往，面貌大多模糊不清，客套寒暄的话也往往相似，说的最多的话无非是早晨、唔该、多谢一类。

这些所有带来的，不是疲倦、失落，而是麻木。生活没有什么理由不继续下去，可是靠惯性维持，而不是因为希望能从中获得些什么。

直到遇到她。

和她第一次见面，是住在这附近的上大学的老顾客带来的。说是老顾客，也不过是在这一两年光景里常来光顾，有时和朋友一起吃点心，喝糖水，外表谈吐都像个大男生。和他打了招呼后，他拍了拍在他身旁的女孩，用普通话说，这是刚来香港的小学妹，也是从北京来的。是个不很高、瘦瘦的女孩，穿着普通的白 T 恤和牛仔裤，我点点头，礼貌性地说欢迎来香港，便让服务生招呼他们落座。"唔该落单！"

广东话讲出来是有点懒懒痞痞的，可这个声音清脆不拖沓，一下就能听出来是外来人土。我走到他们桌子旁边，老顾客拍拍我的肩膀，点了份芒果西米露，转而问她点什么。"一份杨枝金露，谢谢。"

这时候我才注意到她的模样。很舒服顺眼的长相，不特别惊艳，但也是漂亮的。点单的时候她看着我，眼睛乌黑，扑棱棱的睫毛眨呀眨，微微笑的样子，像个没长大的小女孩。顾客们来来去去，循环往复几轮，她那桌的糖水早就撤下，两人却始终在谈天说笑。时间一点点过去，又几个顾客离开后，店里只剩他们两人。不用注意听，他们谈话的内容也会不经意跑进耳朵里。"那你会不会后悔，三年前选择了香港呢？"

"我也不知道，一定要权衡利弊得出结论的话，答案应该是不会吧。

香港是个冷漠也自由的城市。走在街上，大家从来不会注意你做了什么事情，他们只会走他们自己的路。不用在意别人的目光，这对我来说是件好事。我有很多机会去做自己想做的事情，香港也提供给了我足够多的可能性，那些可能性像一棵大树的分支，枝繁叶茂，每走一步都面临很多选择。如果选择内地的大学，我想我会自我封闭在一个固定的模式里，不会面临这么多选择。要说不好的地方，大概就是语言不通吧。"

"哈哈，可是你会讲很多粤语啊。"

"不算会吧，来了两年怎么说也会一点日常用语。但是刚来香港的时候出门逛个街，所有人都讲着陌生的语言从你的旁边经过，那时候还是……觉得挺孤单无助的。"

"现在呢？"

"现在虽然日常对话差不多，可是毕竟还没有达到自然流畅的程度。再说，我一直都不喜欢广东话。"

"不喜欢？"

"对啊，不喜欢。觉得听起来太吵太刺耳，没有普通话好听。你不会这么觉得吗？"

"不会啊，我觉得广东话很好玩也好听，说起话来像唱歌一样。粤语歌也很好听。"

"因人而异吧，有个朋友比我还要讨厌广东话，完全不愿意学广东话。他说他上完大学就回内地，不想在这里多待。那你呢？你有没有后悔做出这个决定呢？"

"现在说这些还太早了，我才刚来香港一个多月呢。一切都像旅行一样新鲜，热气腾腾的。我也在学粤语，虽然讲得不好，但是学习的热情也是有的。"

"这家店的老板也是北京来的，在香港待了很多年，现在讲广东话没有任何障碍，要不要他教你讲几句？"

他说着，扬声叫我："来教小学妹几句粤语吧。"

我在收银处没有走过去，想了想说，就教你们今天点的糖水吧。然后把粤语名字都念了一遍。她歪歪头，突然拍了下后脑勺："杨枝甘露在内地有的名字是杨枝金露，是不是就是因为甘和金粤语发音差不多呢？"

我笑了笑说："我倒从来没有注意过这些。在内地的时候你也经常去港式茶餐厅一类的吗？"

"我很喜欢吃甜品，满记甜品啊许留山这些，内地也有很多的，你在内地不会去吗？"

"我待在北京的时候，还没有那么多商场呢。"

我们谈话的间隙，老顾客看了一眼表，这时他说："时间不早了，不然我先送你回学校吧。老板，你也要歇业了吧，下次聊。"

"好。"

关掉灯和电器，关上门，上锁，拉上门帘。我面对着的，又是一成不变的空荡荡的街道。

刚来香港的小姑娘，对一切都怀着十万分的好奇心，对一切不同都要刨根问底。很多年前自己刚来香港的时候，二十多岁的年纪，带着野心和抱负，想要闯出一番事业。可是渐渐地我明自，规则如果那么轻易叫人打破，就不能叫规则了；只有一番雄心壮志，也不是就可以成就大业。

也不是是金子总会发光。更多的时候，你自己能决定的事情很少，运气和环境决定了绝大部分。成功人士们常常宣扬自己多么努力和坚持不懈，可是还有同样数量甚至更多的人，他们比这些成功人士更加努力，却常常因为时运不济等原因，穷困潦倒地度过了自己的一生。

所有这些，当时的我并不知道。

来到香港以后，生活并没有像想象中的变好，却往往急转直下。最后，就是现在这样的情况了。开一家小店，赚的钱不多，刚好能够在香港拥有一隅之地生活，养活一家三口。

那之后再见到她，是一年以后，小店快要关门的时候。她一个人来到这里，点的还是一样的杨枝金露。原来的白 T 恤牛仔裤变成了深蓝色连衣裙，大概是化了妆的缘故，整个人变漂亮不少，脸颊粉嫩，是那种走在大街上会被人夸美女的好看。如果说以前是涉世未深的高中生，她现在的样子和街上经过的香港年轻女生们并无二致。

"我们没多久就要关门了，不然这份打包你路上吃吧？"

她点点头。吩咐店员落单后，我问："怎么这么晚还来这里吃糖水？"

"我就住在这附近的，回家前馋了，就过来了。"

"之前不是住在学校？"

"对呀，学校只提供第一年宿舍。就出来住了。"

我问她住的居民楼名字，她报出来，竟然和我是一个地方。感慨缘分巧合的同时，她提议稍后一起走回去，我点头赞同。关掉开关，关上门，落锁，拉门帘。转身的一刹那，恍然身边多了一个人。她向我微笑，我忽然注意到她眼角细细的眼线。

"感觉怎样，在香港的生活？"

没走几步，我率先开启话题。

"没有什么值得挑剔的。不知道为什么，不需要太多的过渡就适应了过来。"

"不需要过渡的话，不会有什么不习惯吗？"

"其实也是有的，但我总是比别人适应的快一些。"

"香港和北京，不同之处还是挺多的。"

"是啊，来香港旅游的北京朋友找我玩的时候，基本上都会说香港的楼建得很密很挤。他们觉得太压抑了，我却不觉得有什么不好。"

"很多年前北京还不像现在的繁华，那时候刚来香港的我，就被这里密密麻麻的楼房惊到了。"

"哈哈，现在也有很多不一样的地方啊。"

"在这边读什么？"

"读工商管理。"

"毕业之后呢？想在哪做什么？"

她歪了歪头："想留在香港，在投行工作。"

大概是她的回答太短了，又太坚定，我并没有反应过来。接下来的几秒钟，两个人安静地走路，我努力搜索着话题。

"会想家吗？"不知道为什么，我问了这样一句话。

她想了想说："想家吗？说想也想，说不想也不想吧。这边的生活和朋友让我觉得很快乐充实，有一种被温暖环绕的感觉。可是你知道吗，今年北京的雪下的特别早。十一月初，朋友圈里就有很多人发北京初雪的照片。那时候香港暖和得刚刚好，是讨人喜欢的秋天，可是我却特别想去看看又干又冷的北京的冬天。那时候的我，应该是想家的吧。"

突如其来的一大段真心话，一下子把我们的距离拉近很多。拿着单程票来到香港，我再没有回过北京，而是用了很大努力学习，费了很多力气融入。那种努力更像是一种小心翼翼地靠近和揣摩，香港的人们习以为常的细小讲究、习俗，对当时的我而言，都是要处处留意的事情。吃下午茶之前先用茶水涮一遍餐具，零钱留下给服务生当小费，讲粤语时候的音调和懒音……我试图变得和他们一样，试图不在说话的时候一下子被指出不是 nativespeaker。这些我都慢慢做到了，我慢慢变成一个真正的香港人，也有了一个真正的香港人做妻子。可我始终待在回南天里冷气开的猛烈的房间里，会没来由地想念起北京春天飘来飘去让人痒痒的柳絮，北海一阵阵吹过的有隐隐花香的风，一层薄大衣就能打发的南方的冬天，也会使我想起北京冬天里烤得暖烘烘的暖气，下雪的时候冰凉的雪花停在手上一下子融化，还有和朋友在街边喝着酒撸串儿，这个词听起来已经非常遥远，时隔多年，却仍然带着一种亲近感。

"抬头看，今天晚上有星星呢！"

她的声音打断了我的回忆。我于是抬起头。

再亮的灯光也不能把黑夜点亮，可是星星可以。天空晴朗无云，像漆黑的幕布，而星星散布在中间，泛着温柔却明亮的光。

我看向此时正专注望着天空的她，年幼的、快乐的面庞在昏暗的灯光下，轮廓清晰，光芒耀眼。我也像她一样年轻过吗？也会因为看到星空而欢呼惊喜吗？也会满心期待自己的未来是闪闪发亮的吗？想想看，我已经多久没有抬起头看过星星了呢？

几年后她也会成为一个普通的上班族，和香港的其他任何人一样，行色匆匆地走在大街上，高跟鞋踩在地上，每走一步都发出响亮的声音。困了在 Starbucks 买杯咖啡，饿了在 7-Eleven 买个面包。但此时此刻，她是特别的。

那天回家，我突然想起来什么，搬来椅子在书柜上层中努力翻找。是一个已经泛黄的小本子。

我是个记性很差的人。记忆通常不是连贯的，而是由一个个碎片串起来的。一件事情，往往只能记住一个场景，而这些场景重叠交错，编织成的东西叫作回忆。日记的功能对我而言，大概是用作提醒，以及把那些片段有条理地串起来的吧。

"我只喜欢这一类人，他们的生活狂放不羁，说起话来热情洋溢，对生活十分苛求，希望拥有一切，他们对平凡的事物不屑一顾，但他们渴望燃烧，像神话中巨型的黄色罗马蜡烛那样燃烧，渴望爆炸，像行星撞击那样在爆炸声中发出蓝色的光，令人惊叹不已。"杰克·凯鲁亚克在《在路上》里说过这样的话，我把它抄进了日记本。

当时的我，不愿意认识平庸的人，我希望每个我的朋友都是热情有趣的，像《在路上》里这段话里说的一样。我希望每一天都有足够的新鲜事和有趣的新回忆。所以我写下这段话，我害怕安定，害怕自己变得平庸，我害怕想象三十岁以后的生活，结婚，养育儿女，如果日子平淡如水，我宁愿自己死掉。

可现在，在一家普普通通的店里做老板，每一个害怕都已经成为真切的现实，说到"平庸"，恐怕没有人比我的身份更符合了吧。我能做的，只有喜欢并忌妒着她的年轻。

年轻是一种资本，然而只有在我们不再年轻的时候，我们才能真正明白这个道理。

从那以后我们就熟悉起来，每隔一两周，她就会来点一份同样的杨枝甘露，和她一起走路的日子也渐渐多起来。

她谈论的事情，大多是学校里的趣闻，多数时候我在听而不是在讲话。有时她也会让我讲讲当天发生的事情，可我通常觉得自己的生活乏善可陈，便说的少些。

她说，她的事情也是毫无意义的繁杂琐事，可这些并不妨碍它们很有趣啊。她问我，有没有听过"小确幸"的说法？小确幸，就是那些微小的幸福感，会持续三秒钟到一天。这些小确幸常常稍纵即逝，却深深浸入我们的生活，让柴米油盐也变得有趣起来。

她说，她常常觉得自己的生活是由这些小确幸组成的，陌生人的善意，朋友的关怀，这些都使她觉得生活充满希望，所有不开心的事情都不见了。

我半开玩笑半认真地说，你也会不开心的吗？我从没见过。

她只是微笑。

但也不全是这样。

一次她来了以后，自顾自找了地方坐下，照例招手要了糖水。光照在她脸上，她的脸红扑扑的。我问她是不是喝了酒，她说，一点点。

"我和我的男朋友分手了。"

我刚要挪动步子走开，她突然说了一句，然后接着叙述下去。

"其实也没什么，是我提的分手。

"他对我挺好的，每学期都会从北京飞过来看我，别人都觉得是我自己作。可是两个人就是越走越远，每一次试图沟通和靠近，都只能是我们离得更远一点而已。我们都知道，只是一直在等着对方先说分手。

"说起来太矫情，可是确实是这样。他不喜欢香港，怕我变成和这边人一样的性格。我问他你不喜欢什么性格，他说不上来，可就是说让我不要变得和他们一样。但我觉得，香港的人们没有什么不好啊。是他的偏见罢了。"

我问她没事吗，她说她没有喝得很醉，只是这些话，她不知道找谁说，只有假装自己喝醉了，才说得出口。

我送她回家。一路无言。我忍不住抬头看看天空，厚厚的云层挡住了星星的踪影。到了她住的楼下，我让她好好休息，就准备离开。她突然开口："来到香港，我也失去了很多东西，但我想我得到的比失去的还要多。我们都在变化啊。我想明白了，我不能讨好他人生活。那样不会开心的。我想留在这里，留在香港，把生活活成我想要的样子。"

第二天晚上，她又来到店里，说很抱歉昨天的失态。

我回答她，昨天最后的决定是对的。

"一起走回去吧。"

她和我一起关掉店铺。"开店，应该也是很有趣的事情吧。"

"为什么会这么觉得？"

"嗯……上班时间可以很自由，有看书的时间，还可以看街边来来往往的人和店里的顾客，和很多陌生人有短暂的联系。"

"也许有很多乐趣吧，但我还没学着享受它。"

时间过得很快。

她来吃糖水的时间不再固定，算起来一个月只能见一次不到。她说她开始忙起来了，除了做功课，还要找实习。她也会踩着细高跟穿着正装来店里，说她刚面完试或者做完 presentation。她说她有了新的男朋友，比她大两岁，是香港人。她的粤语变得流利很多，有时足可以假乱真。她说她的男朋友父母虽然排斥大陆，可是对她很不错。她会说她去了香港哪里玩，迪士尼、海洋公园、长洲岛、西贡、维港……名单一点点加长，渐渐多过了我这么多年去过的地方。她说他们可能还是不合适，所以没有再在一起。她还是有很多有趣的事情讲给我，讲完以后会问，你呢，你的生活怎样。大概是她问得多了，我的话渐渐多起来。我说，我的上小学的儿子今天在学校做了淘气事，我的妻子今天早餐做得特别好吃，哪一个客人把辣椒酱当成西红柿酱，要了很多水才解辣。我渐渐开始特别关注身边的事情，那些繁杂琐事，也终于能使我找到生活的意义。

三年的时间也一晃就过去了。店铺的生意照旧不温不火，家里的生活也一样平平淡淡，我说不清楚，可确实有什么东西不一样了。

　　这次，她又走进小店。近来每次看她都穿着高跟鞋，这次也不例外。她穿了一条很漂亮的裙子，原来及腰的长发被她剪短，和她刚来上学时一样刚到肩膀。

　　"以后大概不会常来啦。大学生活结束了，我也要搬家了。"

　　"还在香港待着吗？"

　　"嗯。在银行工作。工作在中环那边，所以会在那附近和朋友合租房子。谢谢老板给我的折扣价，也谢谢你那么多次晚上陪我回家。以后有空，我还会回来坐坐的。"

　　"好啊，到时候欢迎你，请你喝杨枝甘露。"

　　但我知道她不会再来了。没有人会因为一家店里的一个熟人而不远千里光顾，每次说的以后、下次，尽管可能是真心的，却往往不会再有。这一次见面，应该就是最后一次了。电影里说，道别的时候还是要用力一点，多说一句，都可能是最后一句，多看一眼，都可能是最后一眼。但太用力的告别反而显得造作。

　　那么就这样吧。

　　"再会了。"

　　"嗯，再会啦。"

　　一年以后，我重新装修了店铺，刷白了一面墙，准备了各色马克笔让顾客涂画。来往的顾客和从前相比，并没有多出来多少。可是每天晚上，在关灯之前，我会驻足在那面墙前，看看今天又多了哪些随手的涂鸦和文字。有时多了一个桃心一幅简笔画，有时多了几行字。有繁体，有简体，有英文，还有一些其他国家的文字。小情侣在这里写下彼此的名字缩写，好朋友们聚会也会写 friendship forever。这面墙的存在常常让我感到，我和千千万万的陌生人都曾连在一起过。然后关掉电源，关门落锁，拉上门帘。

但还是有不一样的地方。像她说的"小确幸"。是细枝末节的差别使每一天变得如此不同，是和你擦肩而过的不同人让你的每一个问候都变得特别。

菜单换了很多次，可是我却始终没有把杨枝甘露移出菜单。

那个注意到"甘"和"金"差别的小女孩已经长大，此时此刻，应该在各种报表和数忙的头吧。但生活不是一直糟糕的，也不是一成不变的。她比我提前太多明白这个道理，我只希望她不要忘掉。

谢谢你,孙依萌,你让我读到了这么一篇"生活"的小说,文字简洁、似雕不雕、似琢不琢,让人物归于生活,让生活最无常的部分显出人生的意味来。也许,你写的才是最人生、最生活的一个部分。

也许,再短一些,小说会更有节奏感,但这不重要,重要的是你抓到了生活与人生,生活与文学的某种原关系。

香港病人

曹乐琦

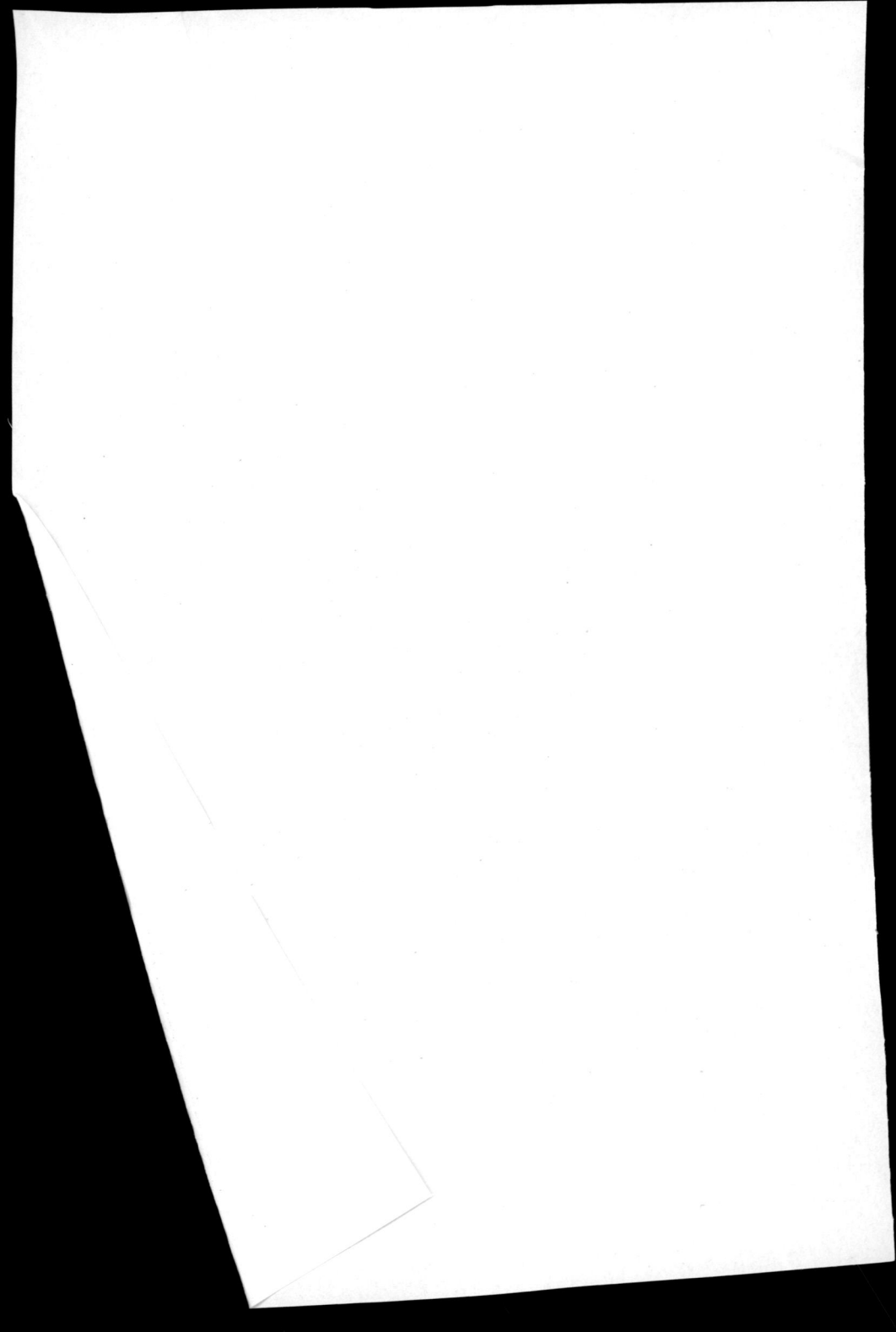

一

　　清晨六时，阳光是淡雅的，宁静得没有任何喧闹的气息。她打开窗户，一股新鲜的空气随即迎面而来，她用深邃的呼吸接待着这清新的气息。对她而言，只有清晨的空气是最纯净的，也只有此时的空气值得进入她的家。她怔怔地看着窗外的风景，慨叹今年的冬天来得特别晚。清凉的风轻轻地拂着她的脸庞，微暖的阳光温柔地洒在她的脸上，像是一个健硕帅气的男生正捧着她的脸在她耳边呢喃，她悄悄地享受这只属于她的温存。这几十年来她虽一个人住，但并不孤单。正因为她结婚结得早而且离婚离得早，她才学会享受在幻想中找寻快乐，因为在自己的世界里，一切都是美好的。

　　与平常日子一样，为迎接这崭新的一天，她首先走进厨房，从冰箱里拿起了一瓶一公升的法国矿泉水，把它倒进容量一公升的热水壶里。她按下"煮沸"键，叮叮两声后，她泡制了一杯特浓咖啡。因为她的工作需要咖啡因来引发灵感和维持精神，亦需要一个极其洁净的环境，于是她开始例行的大扫除。

她关上窗户，因为一到交通繁忙的时候，空气中便弥漫着沙尘。这种情况在香港特别严重，特别是交通繁忙的旺角，污染自然比较夸张。除了清晨之外，窗外的景色平常都是灰蒙蒙一片，空气也异常刺鼻。所以她只容许早晨的空气流进她的屋里。伸了伸懒腰后，她使用一比五十的消毒药水清洁地板，以清水再抹一遍，来回做大约三次。这样做虽然很费时间，但她感觉一切都十分值得。每当她闻到那浓缩药水的味道，或看到那发亮的地板，便十分安心。事后她轻抚着微湿的地板，唤道："嗯，我知道每天要你这样洗澡是蛮累的。但这样才会干净漂亮啊！你看看自己气色多好！皮肤多有光泽呢！"她喜欢与屋里的对象对话，因为家里的一切最了解她，亦最贴近自己。在打扫过后，她都会用混有消毒药水的洗手液洗手，惯性洗三遍或以上。也许是因为高浓度酒精所致，她的双手往往有些干燥，就像枯枝般，又有老茧，有时候甚至会出现流血的情况。

在家里她喜欢一丝不挂，这样比较纯粹和干净。因为就算是洗净了的衣服，或多或少都会存有一些细菌的，所以非有必要，她也不会穿衣。看着镜子里的自己，乌黑的长发及腰，脸上有点发脓的暗疮和皱纹。她知道自己一向不算长得标致，可她对自己的身材却十分自信。她的身材丰满，肚子在站立时会折起厚厚的三层，大腿的肉十分松软，而且全身都遍布白白的花纹和一些可爱的斑点。"这是幸福健康的身体呢"！她常常这样告诉自己。

二

　　书桌上堆了不少参考书，像一座座小山丘般耸立，并井井有条地分门别类。她把计算机打开，准备开始一天的工作。

　　此时，震耳的电话铃声响起："铃——铃——"她被突如其来的骚扰吓得魂飞魄散，这种重复性的嘈吵声令她精神紧张。她如中了电击般从座椅上站起来，走向电话，却发现电话因久未使用过而被薄薄的灰尘覆盖。

　　"该死！我竟然忘记了清洁这里！"她一方面恼恨自己的疏忽，同时又在踌躇应该如何制止这种烦人的声音。她急速地来回踱步，用力地咬唇去激发自己思考，同时捏紧自己的大腿肉以痛作为惩罚。一番折腾后，她从厨房拿出了一只洗碗胶手套，一脸厌恶地把电话接听。

　　"喂？喂？搞什么这么迟才接电话啊？都把我给急死了！"一串甜美的声音从话筒传来。

　　"呃，你好。请问你是？"这声音怎么既熟悉又陌生。

　　"啊！对哦！这么久没见了。也难怪。我是你妹妹啊！"

　　其实她几乎都忘记自己有个妹妹了。妹妹一向讨父母欢心，加上聪明伶俐，父母从小就重点培养她。妹妹精通琴棋书画，朋友也很多，可是她们的关系却不怎么亲近。妹妹从小就被送到美国读书，她们只会在重要的家庭聚会中相见。多年前双亲相继去世后，妹妹就再也没有回来过。

"喔……发生了什么事吗？"一定是发生了一些重要的事情，才会促使多年不见的妹妹这么突然地联络她。

"没什么啊……想念你不可以吗？都这么久没见了！"

一片沉默。她不知道该如何应对这样尴尬的对话。

妹妹见状，于是转移话题，"啊！对了！我下个星期会回香港一趟。不如去喝杯咖啡？我请！"

"呃……可是我最近有点忙呢……"她最讨厌离开家。

"别这样嘛……我们都这么久没见了……两姐妹叙叙旧不好吗？"

"可是我还有两份稿子要在下个星期交……"她真的很讨厌离开家，也不太乐意与别人相处。

"得了得了！算了吧你。我知道你这个大作家从小就很宅！这次就当为了我吧！就这么定了！下星期五三点铃花咖啡厅。不见不散。"

话毕，妹妹便立即把电话挂了。

三

她带上口罩、毛帽、手套、围巾，在街上行走。可能这身装扮对于香港的初冬来说，有点过于暖和，沿路走来她惹来不少侧目。虽然热得全身冒汗，但至少不必与周遭的空气有过多的接触，也算值得。前方依然是一片灰蒙，现在虽然不冷，但风沙很大。风毫不客气地为她的脸拍上薄薄的灰尘作粉底。她看看身旁一堆年轻的女生，十分困惑。她们不害怕空气污染也罢，但怎么可能在这样的天气穿小热裤或背心呢?

下午二时四十五分,她提早到达铃花咖啡厅。不知怎的,发现有很多人在店门前排了长长的队。她心感奇怪,不就是咖啡厅而已吗?于是决定走上前问问前台服务员。

"你好。请问……"

"小姐请排队。"服务员和她在未有眼神接触之前,就已不耐烦地道出这句话。

她只好探头看看店内情况,发现店里头有很多空座。她指着店内的空座,不解地问:"可是为什么要排队?"

"要喝特制黑咖啡就要排队。"店员冷冷地回答,依然没有抬头看她。

"特制咖啡有什么特别?"

"免费!"店员厌恶地回答。

"噢……原来如此。我不需要了。让我进去吧。"

店员对她的回答显然感到惊讶,终于抬头看了看她,却换来更大的惊吓。店员偷偷地上下打量她,忍着上扬的嘴角,恭恭敬敬地请她就座。她被带往一个窗边的位置,店员礼貌地说:"小姐请坐。"

看着窗外排队的年轻人,她其实并不好奇特制的黑咖啡有什么特别,亦无意去贪那十块钱的便宜。她常常感到与别人格格不入,她也许是怪人。

不知道是厚重的穿着还是紧张的缘故,她感到面红耳赤,全身都不断在冒汗,一开始是从腋下,然后是手心脚心,接着是鼻头,渐渐全身都有一种又湿又黏的感觉。"天啊,我大概是生病了。"她对自己说。

三时三十分，一位又高又瘦，五官标致，身穿大红色长裙的女子走进咖啡厅。她十分自信地走向店内唯一有人的座位，沿路传来自信的高跟鞋声。

　　"哇！姐，你很冷吗？"美丽的小姐询问道。

　　她眯一眯眼，回过神来，才知道她就是自己的妹妹。可是她怎么……长得这么陌生呢？"好久没见。你怎么……"

　　妹妹兴奋接话："很不一样对吧！"她急忙坐下，轻声地说："这叫微整型。我的眼睛鼻子下巴都有稍微调整过。"

　　她听得呆住了，妹妹见状继续说："最近很流行的！只要花一点点钱，就可以打几针，然后忍一忍就过去了。还可以对抗污染，提高皮肤免疫力！"

　　她如当头棒喝，心想，原来如此！难道这就是旁人不怕污染的秘方？这就是她与别人不一样的原因吗？

　　妹妹看见姐姐的眼睛睁得很大，看似十分惊讶。"怎么啦？你也想试试吗？"

　　此时，服务员走来问淑美要喝什么，妹妹毫不犹豫地点了特制黑咖啡。

　　服务员有些不好意思，搔头说道："嗯，因为小姐没有排队，所以不可以尝试特制黑咖啡。抱歉。"

　　妹妹大概没想到会有这种情况发生，双眼盯着她，尴尬地答道："那，那，来杯热茶好了。"

　　她没有作声，她深知道妹妹的习性与喜好。二人对视，都在等待对方打破这沉默。

然后她终于开口："不喝 Magarita ？"

妹妹叹了叹气，面有难色，坦言："不是不想喝……实情是我最近真的有点手紧……我本来想投资美容公司，谁知道美国根本不流行这种东西。然后……就把钱给败光了。"她并没有作声。妹妹便继续解释："但我已经想过了！在香港真的能行！会火起来的！香港人都想变得大眼睛高鼻子，他们崇韩崇洋！我需要的只是一点时间而已！"

依然一片沉默，妹妹欲上前捉紧她的手，在接触的一刹那间，她下意识地缩开了手。对于这短短的接触，她心如鹿撞，欲拒还迎。

"我也知道这样找你很突然。不过这真的只是暂时的，可以让我借宿一阵子吗？我会尽快安排好搬走的！"妹妹诚恳地说道。

看着她的眼，眼眶溢满了无助的泪水。她一方面知道妹妹真的处在一个水深火热的处境，另一方面又很抗拒把自己的小天地与她分享。香港楼价高昂，她的小公寓又极其狭窄，根本难容下二人。她知道她的生活将会搞得一团糟，可又不太会拒绝别人，尤其对眼泪毫无抵抗力。念在多年的姐妹情，她还是点了点头。

四

自从妹妹搬来之后，她感觉自己的病情越来越严重。除了经常觉得头痛之外，身体更不自觉地发热。

在妹妹刚搬进来的时候，她用粉笔在客厅的某个位置画了个框，示意妹妹只能在指定位置走动。然后又要求妹妹一同裸体，声称这样才算洁净。妹妹自然万分不愿意，也开始怀疑姐姐的精神状况，可是她不敢让姐姐发现她眼底下的不安。"姐……不脱光可以吗？"姐姐当然不同意，更指出若她不遵守家规，就必须得搬出去。

妹妹在开头几天乖巧地言听计从，小心翼翼。毕竟是寄人篱下，自然要尊重姐姐。但日以继夜地挤压终究会萌生一丝丝的不满，她慢慢对姐姐的洁癖感到烦厌。太多太多的家规使妹妹无法完全适应和服从，而妹妹每次的疏忽又都会触动她敏感的神经，使她十分生气。她每每在生气时便会用力地搔头，引致许多头发的掉落。而她当然不会容许地上有头发的存在，所以只好频繁地扫地，一天大概十五遍。

她的病就如风般来无踪去无迹。可能是因为情绪或压力所致。每天早上当她看到洗手盆和镜子上沾有水花她就觉得异常不自然，从而带来一整天断断续续的头痛。她更无法工作，答应出版社要交的稿子亦一拖再拖。虽然她再三解释是因为生病而无法准时交稿，但仍无补于事。出版商无情地坦言，三天后若仍然未能收稿，她只好失业。

地板上的头发越来越多，有时候她会把躺在地上的发丝看成千万条泥鳅在地上折腾，欲缠在自己的脚上。她害怕，只好踮着脚尖走，却始终只能硬着头皮地把泥鳅拾起，冲进马桶里杀死。好几次在清理过后她都会忍不住呕吐。事后她总会用高温的水洗手，希望把泥鳅的所有细胞和细菌清理干净。

纵使深知自己的家已经不同往日般整齐，她仍依然誓死守护自己的小天地。可是，营营役役的打扫使她的生活十分无趣而且非常有压力。如果发现洗手盆有多余的食物残渣或厨余，她便会觉得像身上长了大大小小的红疹，很痒。"你和我一样都没有注射到抗体，不可以这样不注重卫生！知道吗？"她警告洗手盆。

每次看到她自言自语妹妹都觉得十分诧异。最近姐姐更有事没事地告诉她，她生病了。可是她看不见姐姐所说的红疹。她心想，姐姐大概脑子生病了。

近日来她甚至开始失眠，常常在思考有关抗体的事情。为什么别人可以忍受肮脏的环境？为什么别人不怕空气的污染？难道妹妹所说的微整形就是她和别人不一样的原因？她好几次在深夜想到头疼，想到有大叫的冲动，她的黑眼圈因而越来越大。

自此，她成为了医院的常客。

五

香港的医院挤满林林总总的病人。他们都满面愁容，或不安地四处张望，苦等着医生带给他们解药，去解脱生活中的痛楚。意外地，医院却能令她平静下来，也许是因为那股浓烈又刺鼻的消毒药水味，亦可能是因为医院那雪白的外墙和制服，一切都给予她一种干净的错觉。别人常说医院是一个充满死亡气息的地方，十分阴冷。她反觉得医院让她感到一份舒坦，也许是因为她享受与张医生的交流，很真挚。

张医生是她的主治医生，他三番四次地告诉她，她并没有病。可是她不相信，依然多次拜访索药，而且借故与他寒暄。张医生觉得奇怪，有时候为了打发她，便随便开了一些头痛药和安眠药给她。

"医生，你很忙吧？我看最近很多人在排队呢。你……你吃饭了吗？"医生尴尬地笑笑，随意作答。

随后她伸出手臂让医生检查。"我很肯定我真的有病，最近还开始长红疹，你看到了吗？"

"红疹？没有啊。你啊……就是压力太大了！"医生说后便埋首处理文件。

她感到荒谬。"没有？不可能的啊！"话毕，她开始脱衣。"背上也有很多……你看看！"

护士们看到如此举动吓得赶忙上前阻止，一位女护士跑去捉住她的手，谁知换来她野兽般的怒吼。"拿开你的脏手！"推开护士后她自言自语，"你们不可以踫我……你们都不够干净……"她走到医生面前，把那两颗像梨般的乳房呈现给医生检查，说："你看看！我身上全都长满了红疹！一块块的，很痒！"

医生被吓得六神无主，目瞪口呆。她指着自己那雪白的身体，继续说："我也研究过了。我的身上容易有过敏反应是因为我没有注射过任何抗体在脸上。我妹妹就不会有事！因为她已经变得和外面的人一样了。她们只会低着头看手机的！她们在冬天可以不穿衣服的！可是我不行啊……所以我的皮肤就变成这样了……"

她的头好痛，止不住地摇。转眼间，她发现护士们的长相都与她的妹妹十分相似。她像失心疯般地指着她们说："没错！你们都和妹妹长得一样！难怪你们都没事！"

医生盯着她看没有作声，她气愤地指责道："你是医生，你一定知道我在说什么吧？"

医生整理一下情绪后，说："咳……你先穿好衣服吧，我建议你去找蔡医生，他才是专家。好吗？"他把一张卡片递给她。

卡片上是一位精神科医生，她不禁冷笑。她知道了，也许连张医生也注射了抗体，又或者他根本是想把她这些与平常人不一样的异类杀掉。她对着医生咆哮："你根本就是不负责任！她要把我折磨至死！"

张医生听罢皱紧眉头，深呼吸了一下，木无表情地轻声揶揄："或许找个男人你就会痊愈呢……"

她冷笑，她知道了，原来眼前的医生一直都当她是疯子，嘲笑她寂寞。这个世界上每个人都觉得她是个不折不扣的疯子。她捡起地上的衣服，拔腿就跑。她要奔回家去，回到只属于自己的小天地。在家里不需要受别人侧目，更可以轻松地做自己。更何况，她还有个妹妹，一个乖巧而且言听计从的妹妹。妹妹是她的至亲，一定会体恤她。

六

奔跑回家的路途中，她感觉自己变成了一只小鸟，忘我地飞往自己辛苦搭建的巢穴。迎面而来的风让她冷得打起哆嗦，但是赤裸的自己让她感到分外自由。她走进了一家超级市场，买了妹妹最爱的酒和零食，打算回家后与她一诉心中愁。步出店门的一刻，她忽然觉得心里明朗起来。仰望天，香港灰蒙蒙的天空依旧布满厚重的云层，但她却能从云层间觅得丝丝暖阳。

赤身露体的她在大街上奔走，大部分人都没有注意到，因为他们都在低头看手机。当然也些路人骂她神经病，但那又怎么样，他们都是怪人。一对母子经过时，妈妈甚至急忙地捂着儿子的眼睛，眼露凶光地责备："不准看！"她不禁冷笑，难道她的儿子小时候没喝过奶吗？

到达家门口，她小心翼翼、平息静气地打开门。她快要回到自己的领土，那个彻底属于自己的地方。踏进家门后，她如常地呼喊妹妹，可是并没有响应。她觉得奇怪，只好在她的蜗居里仔细地找寻一番。却惊讶地发现地板上一根头发都没有，白瓷砖被清洁得闪闪发亮；厕所也没有水迹，家被打理得十分整洁，然而妹妹却杳无音信。

忽然，她发觉一尘不染的家已无法带给她平静。她如一只野马般在家里来回跑动，奢望可以找寻到一点人的气息。她跑到自己房间，发现一张白纸静静地躺在她的床上。那是妹妹留给她的离别信：

"姐姐，我知道最近为你添了不少麻烦。对不起。还有，我决定回美国去了。香港人太冷漠，而且房子又极其狭窄，我实在是住不惯。我想念美国的蓝天，清新的空气，偌大的房子，亲切的人儿。所以我还是回去生活比较好，勿念。还有，如果可以的话，找个人陪陪你吧，也许会好些。妹妹上。"

七

窗外透出泛黄的灯光，她醒来的时候已是黄昏，伴随着撕裂般的头痛。她搞不清楚自己到底昏睡了多久，却只觉得冷。蓦地，她觉得自己需要拥抱，需要温暖。她拖着沉重的下半身，缓缓地走到窗边。

此时，耳边恰似奏着浪漫的古典音乐。她面带微笑，从昏眩中看见了一个黑色的身影，一个男人的身影。那身影分外孤独。她多想他捧着她的脸说："一切都会好的。"

也许，他需要她，如同她需要他一样。

忽然，她匆忙地跑到楼下，像失去理智的狗般横冲直撞，寻求同类。怎料，映进眼帘的只有漆黑的街头与寂寞的晚灯，还有陌生男子遗留的烟蒂。她拾起烟蒂，点燃余下的香烟。在这坟墓般安静的夜，吸吮着无法张扬的情感，流出了泪。

点
评

　　这是一篇非常有普遍意义的小说。人物、故事、思想都有许多独特之处。但在叙述的节奏上，张弛不够注意，也许这是写作与阅读的经验所致。而其中故事的一些转折，也可以更为柔合自然一些。

夏无雨

文迪森

一

梦醒时分。

一屋子的黑暗像是无形的魔爪蓦然向你袭来。你不曾想过呼救，在这狂乱的深夜里，又有谁有那空暇去理会你的声音？你只是轻轻地闭上了双眼。你在想："或许也就是这样了。便深深地沦陷在这黑幕之中。

窗外那沙哑的风声依旧。你悄悄地掀起那不透光的银色幕帘的一角，只露出那么一个小小的空洞，生怕那外在的亮光会卷动起这满屋的黑暗。你那惶恐的眼睛看着窗外稀零散落的橘黄光晕，不禁感叹："噢，这世界原来是可以如此的安谧。"可这份安谧却不能让你忘却身后那在不断撕扯着你的暗涌，反倒是提醒了你那难耐的刺痛如同浪潮不断卷噬你的内心，那焚心锥骨的痛楚让你视野不禁模糊起来。你蜷缩在墙角，以为只要听听深夜里秒针转动的声响就能让这难耐的痛苦稍微缓和。可那清脆的声响只告诉你一个惨痛的事实——一个人，一座城，一生心痛。

静谧的夜依旧。你知道自己快要疯了，可你又知道自己其实没疯。

脑袋中总有那么一股乱流想要冲破脑壳，竭力让自己绽放在这苍茫的世界当中；而你只是一个破碎的花瓶，只是一个点缀、一种装饰。你用力啃咬着手心，那微咸的血腥味在嘴里蔓延开来，最后……最后……变成一份甜美，让你无比清醒。你的疯是演给别人看的，你的内心其实无比厌倦。你以为像这样演着演着这一切就不那么痛，可是那愚昧的哑剧却与你无限趋近，最后在落幕的一刻，你突然明白，你已离不开那昏暗的舞台——你就是那不会落幕的戏剧。你选择逃避、你选择彷徨，你知道的，你明白的，你只是刻意选择愚昧。为的……为的只是忘记时间、忘记那片刻的永恒。

可痛就真的只能是痛，别无它用。渐渐地，你也开始不了解自己，像是傀儡，你的灵魂始终和肉体保持着那么一段距离—— 一段永远无法拉近的距离。你回头看看自己，不知所以，你已经成为了自己不喜欢的自己。那样的你无法相信自己，那样的你无法追逐自己，那样的你无法付出自己。你又回到了原点，一切旅途的开始。你抱紧了那时面对生活而变得呆滞的少年，轻轻耳语："这是穿越时空的问候。"少年哭喊着："我多么想未来的自己，崩坏时空，和我说声没事的，一切都会好起来……"在肩上，那是在号啕大哭的少年。你轻轻拂拭着他那乌黑的发丝，那片未曾被污染的澄清的蓝天。

你忽然明白这一切只是你的任性。"那么也请让我任性最后一次。"你静静地打开了那扇门……城市里的夜风变得冷冽，划过衣角，悠扬地在风中飘扬回荡，似乎它不曾到访。城市里渺茫的灯窗在你眼前飞闪而过，像是无数次旅途中的光景……

停滞的时间再次流转。

二

夏无雨倚着车窗，呆滞地看着车窗外那熟悉的一切：破旧的白瓦片平房、因高速公路建设而被摧残得千疮百孔的道路、因为别人只给了几毛钱而在大声唾骂的乞丐……他觉得这一切都无比地熟悉，毕竟那是看了十多年的光景，可他发现对于那片生他育他十多年的土地和那些人事物，他并没有什么眷恋，更加不会有什么梨花带雨的场面。他不明白所谓的眷念是种什么样的感觉，他就只是这样冷眼地看着、想着。他未曾真正地和这片土地产生联系，又或是说他无法与这片土地产生联系。夏无雨想：一定，在我脑子的某一个部分是出错了。

"好啦，现在要准备开始新生活了，外面的世界和这里很不一样的，但不要怕，你总会适应的……"

他没有搭话，只是呆呆地看着车窗外那熟悉的一切。母亲的声音在他的耳际越飘越远，最后像是断线的风筝，静默地消失在他意识里的一角。五十元的车票、一个多小时的车程、一道海关的检查手续——这就是新生活开始的指标吗？夏无雨看着自己手中那张巴掌大的米黄色的车票，和无数张车票一模一样，无非就是上面的数字和目的地与过往有少许的不同而已，可车票就只还是车票。究竟是自己让这张车票变得不凡，还是这张车票让今天的自己变得不再一样？夏无雨不懂，也没想弄懂。那么多年来户籍部门的那些嘴脸、尔虞我诈，他是看够了、看遍了，这让他早在更小的时候就明白了许多不该明白的东西、人可以有多么得可憎。可现在看回来，夏无雨总觉得那个时候的自己与现在的自己离得很远。是的，他学会了麻醉自己，让自己变得愚昧，让自己变得无知，他以为……这样的懵懂可以让自己少一些不必要的痛楚、少一些当下不必去面对的问题。

随着车厢一阵轻微的震动，他知道这趟单程的旅途即将开始。从他得知离开是一个既定的事实时，他只是"哦"的一声。因为这就只是生活的一部分。你喜欢也好，悲哀也罢，生活就是生活。车窗外的人儿、大楼、烟尘，缓缓地以着柔和的舞步在眼前静静地划过，像是走马灯，渐渐地他的视野变得模糊，他看到了那个没有高楼大厦、手机屏幕还是黑白、大家还在狂迷"小霸王"的年代的自己……

"你是什么人？放学前记得填好！"扔下这句话，老师转身离去。

夏无雨完全被这个问题问蒙了。什么人？什么什么人？这是我应该要知道的东西吗？

夏无雨用手肘戳了戳同桌，用手轻捂嘴巴，压低声音问道："那个你是什么人是什么意思？"

同桌皱了皱眉头，看起来是觉得夏无雨问这个问题很匪夷所思，然后淡淡然地收拾着东西徐徐说道："简单来说，就是本地人和外地人啊，你不知道吗？"

"什么是本地人？什么是外地人？我不知道耶，没有人和我说过……"

"不会吧！我们每个人都知道啊！本地人就是住在这里的人，外地人就是外面来的人啊！"同桌的眉头皱得更紧些，稚嫩的脸上没有岁月的皱纹，可是配上紧缩的眉头，平添了许多的老气。

住在这里的人是本地人？外面来的人是外地人？这样的话，夏无雨想那他一定是外地人了，因为他读的是一所乡村小学，他不住在村里面，所以他是外面来的，那就是外地人啰！夏无雨觉得自己的分析头头是道，然后兴高采烈三步并做两步跑到讲台前，在表格上自己的名字旁边，一笔一画，规规矩矩地写下了"外地人"三个字。

是错觉吗？总觉得其他的同学看自己的眼光里有着一丝的异样。不管了，回家和妈妈说说我是外地人这件事。

"你是傻的吗？你是本地人啊，什么外地人，你才不是外地人，你马上回去和老师说你是本地人！"虽说不至于气急败坏，可是可以看得出妈妈有点急了，每次妈妈激动的时候脸颊总是有点涨红。

"家里现在已经有足够多的事情要烦了，怎么还弄来这么一件事情啊……"妈妈喃喃地自言自语。夏无雨选择了装作听不到。

"但是外地人和本地人是什么？"

"外地人就是不是在当地出生的人，而是来自外地的，外省人就是其中一种。"妈妈细细地叹了一口气。

"外省人？外省人又是什么？"

"外省人就是来自广东省以外的人，不是广东省的人！"

"广东省是什么？"

"你现在住的地方就是广东省啊！广东省之外的都是外省！"

这也是许多年以后夏无雨才明白，每个人都会以自己出生地为本位称呼自己为本地人，而外来的人都是外省人或是外地人，并不是广东省的人才能叫作本地人，更不是广东省以外的人则是统一被称为外省人或是外地人。

"老师，我要改表格，我填错了，我应该是本地人，不是外地人。"

老师先是左边眉角微微上扬，额头上那道皱纹若隐若现，眼睛里充斥的是狐惑。"你怎么会填错呢？你自己的户口本上面不是写得很清楚吗？"

"户口本是什么？我没有啊。"这还是第一次夏无雨听到"户口本"这个词，他选择了假装镇定。

"怎么没有户口本？你没户口本上得了学？你回家好好看！"老师微锁眉头，头上那道皱纹的沟壑更深了一些。黄昏夕阳光线惨黄，散落在那沟壑之中，样子有点骇人。

夏无雨看着那道沟壑，眼神有点变得涣散。

而这场小闹剧并没有就这样简单地从夏无雨的生活中褪去，这本地人和外地人的小剧场一直一直持续到他的离开。表格上的那三个字，并不是纯粹只是三个中文汉字那般简单。如果你是外地人，那你的学费就总会比本地生的高几倍，还要额外地收上很大一笔称为"建校费"的费用。每每交费的时候还要被冷嘲热讽和挨上一顿黑脸，"哟呵呵呵，原来你是外地人啊，看不出啊！"嘴角总是配上一丝可憎的微笑，眼角没有丝毫的笑意，独有一种敌意。夏无雨每每看着同学的学费单上那小得可怜的数字，总感觉不是一种滋味。就如他在初中和高中的入学分数总是莫名其妙地比"本地同学"的入学分数多上了很大的一截时的心情一样。

这是为什么呢？早在小学的时候夏无雨就知道这个世界绝对不是课本或是大人所说的那般单纯和简单。小孩子的世界更加纯粹，不加任何的掩饰，他们的世界更加赤裸裸地反映这个世界的恶意，还有善意。小孩子并非如大家所想象的那般单纯、愚昧、纯粹，他们的世界比起大人的世界更加地残酷。夏无雨明白这些东西只能藏在自己的肚子里面，随它烂掉，一旦说出口，只会被当作怪胎，因为那不是小孩子应该要有的样子。他明白，他都明白。

"所以说，你要快点适应，你会找到很多属于自己的机会的，会有很大很多的发展空间，你有没有听我说话？"母亲轻轻地把手搭在夏无雨的肩膀上。

夏无雨被母亲的声音带回现实。

"嗯，没问题的。"

夏无雨想，生活就是生活，我们总想着从这里去到那里，便以为总能得到点什么好的、新的，总以为在所谓的缝隙中窥探到的外面的世界是别有一番风景。可生活就只能是生活，我们只不过是从一个笼子换到另一个更大的笼子，这片苍茫的大地只是一个抽象意义的牢笼，我们只不过是在一次又一次地出逃。

可现在又究竟是如何？夏无雨不知道，他真的不知道。

三

夏无雨仰卧在那个被 110 伏特的亮光所照耀的局促小房间里，觉得一切昏暗无比。他看了看手机的充电量，只有百分之二十。同样的时间，在香港，早已经充满电了。他抛下了手机，看着窗外那一如以往的静谧的台湾的夜：浓厚的湿度、嘶哑的蝉鸣、微弱的灯光、过早安静下来的城市、乌黑的夜空……来到台湾一切只是偶然，他不曾想过自己真的可以离开香港，到一个陌生的地方独自生活。

"人生就是不断地出逃，是吗？"一如以往，没有人能够给夏无雨一个确切的答案。

台湾的生活就像是这 110 伏特的电压，比起香港总是慢上几拍。夏无雨并不讨厌这种和缓，他总想在那川流不息的人海中慢上一步，静静地看着身边走过的人，静静地看着自己。他总感觉在这里看到了那个年代的影子，他觉得自己可以再次寻回那些失落的东西。

可是在台湾，他总是那个快上几拍的人。例如每次过红绿灯时，台湾人总是会在转为绿灯两三秒后才过马路，而夏无雨总是在转换的那一秒就大步流星。他真的是有什么急事吗？不是，他就真的只是要过马路而已。台湾人的和缓却让他成为了格格不入的人。而这份格格不入却让他更多地思考了自己、生活。他这才发现原来自己已经被满满地刻上了名为生活的痕迹，他早已不是原来的他、岁月青葱时的他。夏无雨总感觉自己的意念、心和身体有着彼此无法跨越的距离，彼此既分裂着又共处着。

有人说："身处异地的人最容易轻生。"

夏无雨想：的确。

人生来就是孤独的，但不一定是寂寞的。在这停下来都觉得是奢侈的年代，我们发了疯一般不断地寻找各种慰藉，不断周旋在不同的人之间，为的只是让那空洞的心灵多那么一点的温暖，真的，就只是为了那么一丁点儿的温暖。可寂寞的人又怎么能聊以自慰呢？这种奔波劳碌平添的就只有更多的空洞罢了。我们何曾想过从自己身上寻找慰藉、寻找温暖？那盲目的追逐，让许多的感情随着心中的记忆淡去。我们都畏惧停下来，因为我们都害怕在那仅有的余暇的片刻会发现我们究竟是有多么的贫乏、多么的可悲。

夏无雨喜欢台湾，这里的生活极其简单——纯粹的生活。可那份纯粹却又让他感觉无比厌恶，因为它无比凸显了他复杂的人生和内心。"但其实也没多复杂，不过是一个人再也找不到自己的心了。"夏无雨自嘲道。

一种格格不入的情绪笼罩着他，无法找到一个安心、一个属于自己的地方。他想或许正是台湾所给予的那份余暇让他在那夜说了那样的话。他知道那是禁忌，那是不可言的一切。可那可恨的酒精跟夏无雨开了个巨大的玩笑，在思绪瘫痪的瞬间，话就那样出来了。当满脑的眩晕感逐渐退去的时候，他就知道这次闯大祸了，他死定了。

"嗡……嗡……"任凭手机不断振动，他并不想去搭理。不用去看也知道大概都是些什么样的内容。那晚过后的清晨，当他看见手机上的那条来自遥远的香港的信息"你是……吗"的时候，他就觉得自己这次要完了。你知道吗，那种当机的空白，思想全部被染白，连自己是否在思考都无法追寻的空白。那就是夏无雨当时的感觉。他从来没有想过那个人会那么对待自己，也从来没有想过远在他方的众人也是这场闹剧的一分子。那时夏无雨躲在自己的被窝里低声哭泣，他想："为什么我要那么憋屈，连哭都不能堂堂正正。"觉得可笑吗？一个悲伤的人却无比清醒地让自己"理智"地悲伤。可夏无雨就是那样一路走过来。他擦了擦眼泪，粉饰上满脸的友好和亲善出门离去，屋里是不曾存在过的眼泪和悲伤。

他看着窗外那静谧的夜，"想不透啊……但这真的是想就可以想出个究竟的问题吗？"台湾的夏天炎热得可怕，那种炎热配上常发的豪雨，变成黏滞的气流，一直一直萦绕在空气当中。那燥热的余温中，视野中的一切似乎都在竭力舞动，想要摆脱那让人绝望的温热。

娟丽的花容只是流于世俗的伪装；黑夜，无情地逆着倒刺用力一拉，狠狠地撕开这苍白的肌肤。你告诉我，那个时候你看见的是什么？我不想听到答案，没有人喜欢不想知道答案的问题，所以夏无雨默默地隐身在这没有路灯的小巷中。转身望去，巷外的城市明亮得让人觉得可怜。那城市的灯红酒绿究竟照亮了多少人的梦，又让多少人蒸发在这热光之中？他用手稍微遮掩着自己的眼睛，城市的光芒若隐若现。

他默默地隐身在没有路灯、昏暗的温州街中。他由衷地喜欢着这里，但却说不出理由。温州街在日本占据时期是台北帝国大学教授的宿舍区，北起和平东路一段，南至新生南路三段八十六巷。在水源区这是一个难得的地方。在石屎森林中，温州街显得格格不入，那静谧幽深的植栽交错在各种建筑物之间，一路上的黑瓦平房、木屋、日式庭院建筑肆意散落各处，没有任何的规律，一切尽是随意。不知它们是否知道自己是谁？又究竟是为了什么而存在？有谁会知道眼前这看似和谐的一切背后曾经经历了多少的风雨和暗涌。一切都是过去和现在揉搓和冲撞而形成。夏无雨喜欢就这样静静地走着，任由身边的景物不断变换，似乎自己穿越了无数个片刻、无数个国度，像是一种超脱，向着不知的黑暗不断迈进。

夏无雨总喜欢停在温州街四十五巷口，那里是有着二百六十年历史的瑠公圳支流。他看着潺潺的流水，"你说我该怎么办？难道这是一种错误吗？我想要的并不是这样……"他把自己的脸深深地埋在两膝间，紧紧地环抱着自己。流水依旧，深夜的瑠公圳支流只是多了几声呜咽。这么多年来，他一次又一次地向生活妥协，他现在想要的就只是一个可以肯定自己的人、一个可以安稳自己的地方，这真的很过分吗？

夏无雨想，难道我就是一个错误？可那是我的真心啊，难道我的心就不是肉做的，我的心就可以被肆意伤害？

"不……绝不！"他用力拧碎了脚边那朵小雏菊，用力一挥，任由雏菊的碎片落入黑暗。他知道这不是诀别的泪，只是远航的鸣笛。他眼眸里没有昔日的那份光芒，像是无比的深洞。或许从那个时候开始，夏无雨便已经走远。

在旭日的光和热逐渐蔓延在远方的地平线时，夏无雨想，他现在有答案了——"如果我不曾是我，转身，此生一切皆与我无缘。"

四

日子里的一切、曾经熟悉的一切竟然是如此的陌生，仿佛只是一夜的烟雨。夏无雨回头看看自己的青春、年华，并不觉得惋惜。他竭力燃烧自己，留下一滩余烬。随风一吹，不留痕迹。夏无雨想或许他只是忘记了独自灵动的感觉，他多么期盼再一次看见寂寞和叹息在独自飞舞。

每一段时光、每一个瞬间，都有其存在的意义。

夏无雨静静地打开了那扇门，他知道他不是离开，而是回家。

点评

　　这篇小说在人物的情绪上写得相当扎实，把握也很准确。那种对人的身份的怀疑、对自己身份的寻找与确定，都是小说中少见的思考。很喜欢，文字也有特色，但似可以在写作上再节制一些，不至于扎实到"细碎"。

秋日

王雨乾

清晨醒来的时候，丈夫已经不在了。恍惚间，她感到一阵微微的轻松。

　　阳光照得客厅明晃晃的，橡木地板泛着暖烘烘的热气，令人胸中燥热。这是巴黎秋日里少有的和暖天气。空旷的大厅中仅有几件高档家具，飞尘四处游荡，即使是在早晨，这里还回荡着昨夜宴会散去后的空虚。如果当初听她的，这间屋子肯定不会被设计成这样。此刻，她改变了主意，没有直接去洗漱，而是为窗边茂盛的几株吊兰浇了水，丢掉了宴会后剩下的花。黄铜花缸上的水滴反射出夺目的晨光，她仿佛听见夏日霸道的蝉鸣。

　　她的丈夫是外交官，他们在她的故乡相识，从结婚时起就在巴黎生活，婚后不久就搬进了这栋房子。他们的客厅，与其说是他们家的一部分，不如说是他的工作场所。她很快就厌倦了这里的聚会和政谈，也放弃了用手工艺品增添生活气息的努力，只保留了窗边的植物。

　　早饭准备好之后，她为自己泡了一壶茶。她从未研究过茶道，然而不知从何时开始，她开始在每天这个时候，用一整套紫砂茶具泡茶，看着热腾腾的水汽消失在空气中的纹路，以缓慢的方式开始这一天。这套茶具是她的祖父送给她的嫁妆，从家里买得起紫砂茶具之后，他就保持着喝茶的习惯，直到去世。有时，他会在喝茶的时候说起过去的事，说起他早年在欧洲的见闻和从医的事，以及后来如何被迫放弃自己的职业。现在她在他曾经怀念的地方，用他的茶具喝茶。最初她养成在清晨喝茶的习惯，的确是因为祖父，因为他喝茶时遗世独立的神情。不过，后来她明白了，那并不是真正的遗世独立，那只是卑微的贵族的激愤与孤傲。但不管怎样，她依然保持着喝茶的习惯。

收拾好茶具，吃完早饭，到了上午十点钟。在下午去见朋友之前，她还有充裕的时间。房间已经不像清晨时那么燥热，她开始整理房间。女儿离开家之后，她能用来打发时间的方式越来越少了。因此她辞退了保姆，自己动手学做家务。她一边叠昨天烘干的衣服，一边想着小时候第一次看见雪时的景象，想起那时母亲有一位像湖水一样美的朋友同他们在一起。一家人在湖边散步的那个傍晚又重现在眼前，那天一定是少有的寒冷，然而在她的记忆中，只有灰白的树木和小径、大人们温柔的细语和林间奇异的宁静。那时候，那个城市还没有那么拥挤，她也还不懂得作为异乡人的孤独。她并不是从离开故乡之后才成为异乡人的。从记事时候起，她的家和外面的世界就是对立的，一个内敛清冷，一个喧嚣热烈，两个都有各自的吸引力。她渐渐开始分不清现实的界限在何处。最后她在摇摇摆摆之间，只剩下作为异乡人深藏于心的迷惘和自持，剩下她此刻叠衣服时的沉默。

她已经很久没有想起以前的事了。自从女儿半年前离家之后，她跟丈夫的纷争就没有停止。一切似乎都是有预兆的，只是她一直拒绝做最坏的猜测。从女儿带那些不懂礼貌、打扮妖艳的朋友回家开始，从丈夫警告她不要过分插手女儿的生活开始，从她恐慌地意识到家里只有她一人的时间越来越长时开始，她就已经明白，这个家其实一直都不是她的。然而，就像父亲在贫困时期仍然不会改变洁癖一样，她也仍坚持着自己对女儿的道德要求。直到今天，她也并不放任女儿，她仍在盘算如何将女儿带回家。

　　然而怀念带来的温存时刻却突然被野蛮地剥夺了。都是因为她的丈夫，她注意到她的手里正握着丈夫的内裤。怒火立刻从胸腔蹿到头颅，令她难以呼吸。又来了！她已经严肃地警告过他，她不可能像保姆一样洗他的内裤，可他竟然还是把它混进了洗衣篮里，而她竟然没有发现！她在未叠的衣服中翻出他的其他内裤，一并掷到了他的床下。假如他不是法国的外交官，她的家人就不会促成他们结婚。假如她知道他是如此虚伪的天主教徒，会纵容女儿的任性妄为，她更不可能嫁给他。可她也明白，即使不嫁给他，在故乡的生活也不会幸福。她还是愤怒着。她为她的愤怒感到荒谬。

　　她决定出门。时间尚早，但是她不能再留在这座屋子里。她匆匆穿上毛线衣和短外套，带上钥匙和钱包，便下了楼。在秋日的阳光驱散阴寒的那一瞬间，她惊讶地发现内心竟可以如此轻易地获得广阔的宁静。她不由得深吸一口气，清凉的空气仿佛带着阳光进入了躯体，慷慨地赶走了内心里沸腾着的浑浊。这是值得被祝福的和暖秋日。上百年的建筑迎来明亮的金色，精致的浮雕在光影中错落，窗台上的鲜艳花朵散发着灵气，整条街立刻流动了起来。空气中混杂着植物的清新、食物和咖啡的淳郁、香水的诡谲，还有阳光的健康味道。街上的人流比往日稍多，在阳光下他们看起来更加舒展；咖啡店也更加热闹，不时传来畅快的笑声。没有人注意到她的存在，没有人对此做出任何形式的回应——然而，他们默许着她的存在，一个不知该走向何方的异乡人。她路过邻家的门廊和信箱，路过货物琳琅的蔬果店，路过站在街边抽烟的年轻男子。她沉浸在一种诱人的错觉之中——像她这样没有目的地的独行人，仿佛才是存在的常态。就是在这样的时刻，这样偶然的瞬间，她感激自己生活在巴黎。即使生活中大部分的烦恼和愤怒都来源于此，她总能找到这样的瞬间，巴黎成了幻想中的巴黎，自己成为了想象中的自己。

　　走到了右岸的繁华地段，她在周围找了间别致的小餐厅，吃了简单的午饭。差不多到了要见朋友的时候，她来到塞纳河边，沿河走到奥赛美术馆。说是朋友，其实对方只是个孩子。虽然已经在巴黎生活近二十年，但是她并没有自己的朋友圈子，只是偶尔跟几个学艺术的中国留学生聚会。这孩子是她刚刚认识的。到了美术馆门口，她远远地看见她在人流后面静静地读书，走上前去问候的时候，那孩子因看得入神略显吃惊，她发现那本书叫作《宗教的本质》。她更加喜欢这个孩子了。参观还没结束，她就不禁对她讲起了和女儿的矛盾。女孩竟不惊讶，她说她自己也与母亲有过类似的冲突。没聊几句她便发现，女孩比自己的女儿理智许多，很懂得换位思考，照顾她的感受，但即便如此，她谈起自己的母亲时还是掩饰不住责备的语气。一想到女儿会更加刻薄地对待自己，她的心就紧紧纠缠在了一起。

　　与女孩分开之后，她想去见见女儿。女儿四岁的时候，她第一次离开女儿，回国探亲。十天里的每一天女儿都在哭，她回到家的那天晚上，女儿在被窝里抱着她说，妈妈，你永远都不要再离开我了，好吗？她的眼睛噙着泪。地铁冲出了隧道，驶过塞纳河，埃菲尔铁塔立在远方。她望着塔上苍茫的朗空，想象着一排大雁无声地飞过。

　　女儿的租室是丈夫找的，位于第六区的南端。她按照丈夫给的地址，找到了女儿的住处。这是一栋普通的公寓，夹在精品商店之间。正好有人出来，她便推着门走了进去。待眼睛适应了微弱的光线后，她辨识出狭窄的门廊和暗红色的地砖，老式电梯间很局促，这应该是百年以上的老建筑。她乘电梯到了三楼，还未走出电梯，她就被某扇门后传来的声音惊呆了。不需仔细辨认，那是年轻女人狂放的叫喊声。她怔怔地走出电梯，呆立在原地，几乎是困惑了，搞不清楚这阴暗的回廊究竟来自哪个年月哪个地方。她窘迫难耐，下意识地想跑开，然而她想起了此行的目的，只得向回廊里走去。女人的声音越来越清晰，汹涌的情欲使她想到电影中不堪入目的画面。她突然意识到女儿可能就生活在这样的声音中，对丈夫的愤怒立刻把滚热的血液推向全身，在冲动中她加快了步伐，到了女儿的门前。她在一瞬间甚至庆幸这冲动使她免受敲门前的紧张。

　　然而下一刻，她僵在了门前。这声音，它来自这扇门后。她的内脏迅速蜷缩。她稳住颤抖的双手，翻出丈夫给的地址，像溺水者抓住湖边的水草。她盯着纸上的门牌号码，呼吸凝滞了。其实她不需要确认，她已经听出了，那的确是女儿的声音。那声音从回廊的四面八方涌来，狂蛇般贪婪地将她紧紧缠住，她无从选择，只得束手就擒。没有选择。她被女儿逼得没有选择。这竟是她的女儿。她几乎想要砸开门进去给她一个耳光。可是，她此刻只剩一副软弱的躯壳。纸上扭曲的数字有条不紊地缠绕着她，阴寒浑浊的空气重重地压在耳膜上，她仿佛置身于另一个世界，眼前的一切只是虚幻。她再次感觉到了荒谬，死灰遍野的月球表面一般的荒谬，没有地球，也没有太阳和星辰。她的身体已经无法再承受窒息感。她拼尽全力唤醒自己，逃出这个可怕的空间。

和暖的秋日依然停留在街道上，临近向晚，空气虽寒，日光却依然温润。她终于可以呼吸了。但是，她的心仍在那阴暗的回廊里跳动着，在那里发出细微而苍凉的回响。她不知该走向何处，她只想躲开所有人，不曾失去这个秋日的所有人。她强烈地盼望此刻有什么能令她跟随，令她简单地倾信，托付这无意义的皮囊。然而她没有，她只能低着头保持行走，走在只有她看得见的悬崖边缘。她在心里描画着地砖的纹路，梧桐落叶的形状，辨认着风的来向，好像用身体按压着那层正在零落的现实，除了将它恢复安定外别无他想。

她终于觉得累了，现实脱落的簌簌声消失了，她只听到自己绵长的呼吸。她已走到塞纳河的东段。疲惫的身体再不能前行，她在桥边的河堤上坐了下来，深吸了一口气。夕阳下的一切仍旧是平和的。河中的游船缓缓驶过，甲板上的旅客是那么兴奋，对着镜头露出美丽的笑容。那是一个遥远的世界，人们竟可以如此幸福。她双手掩面。为什么是我的女儿？她才只有十六岁。她深深地感到无力。二十年前，她为了向往的尊严和自由来到巴黎。可是在这里，她却失去了作为女人的尊严，如今连作为母亲的尊严也成了碎片。她甚至怀疑，她当真是存在的吗？

她在河边坐了许久。时间将会把她带向何处，她无从知晓，只能久久地望着夕照下的流水。她想起了幼时的事，想起了外婆在几十年前的夕阳里煮的姜茶，和砂锅上热腾腾的蒸汽。小时候她曾在外婆家生活过。在她所有的亲人里，外婆的出身最低微，而且初时为妾，全家没有人敬她。但是，只有外婆会在她的乳名前加一个"小"字，只有她会在冬天时常为她煮姜茶，把她抱在怀中。只有她让她感受到毫无保留的疼爱。这么多年来，她很少想起她。其实她很惭愧，她曾像其他家人那样看不起她，不再跟她亲近。那时她岂会想到，在这样一个令人绝望的傍晚，能够支撑她回忆的，竟只有外婆温暖的笑容。

泪水无声地倾泻而下。她的胸口升起一团温热，那不是愤怒也不是焦躁，而是在哀伤的灰烬中生发出的热量。她追随着这温度，发现了内心深处的坚石，那是愤恨和恐惧熔铸成的岩层。而现在，她感受到了在那之下的柔软，真实无比的、颤抖着的柔软。她让自己在岩层之下久久地哭泣。

夕阳已隐没，她站起身来，决定返回家中。床边的地板上很可能还躺着丈夫的内衣，她要赶在丈夫到家之前把它们捡起来，不是作为妻子，而是作为一位母亲。她在微凉的晚风中，走入深深的夜色。

点
评

　　《秋日》的叙述如此舒缓有致使人意外。原来
讲述的故事零碎拉杂，没料到写出来是如此匀称简
洁，人物、情绪、心理，都不像一个第一次写小说
的作者。为作者的叙事能力感到高兴。

玛格丽特的尾趾

胡顺仪

炎炎夏日的一个安静的下午，阳光洒在天井地上，好像要把一片一片的青苔晒干。厨房的烟囱又冒出一缕缕灰烟，本来橙红的瓦片已经发黑。耳边偶尔传来几下"嘀""嗒"……那是天井旁边的厨房里正在烧水，灶头里木柴热烈燃烧的声音。旁边掉漆的小矮凳上坐着一位中年妇人，手里拿着一根阳光下闪烁的细针在一把崭新的雨伞上左穿右插，身旁还有一堆没完成的雨伞。农村里上了年纪的妇女不会大老远跑到城市做工作，要兼顾家庭活的她们很多都会在村里的包工头那里拿来几捆雨伞，把伞骨和伞布稳固地缝起来就成为一把半完工的雨伞，然后拿回去工厂安上伞柄，就可以放到市场上卖。缝好一把伞，这位中年妇人就能拿到一毛钱。

　　这位中年妇人，大家叫她牛婶，因为她老公很勤奋，但沉默寡言，就像一只默默耕耘的牛。对于大家叫这个称号，他也只是憨笑一下就过了。于是大家就一直叫他牛，他老婆就叫牛婶。牛婶与一般农村长大生活的妇人没有什么很大的分别，梳着一头乌黑的齐肩短发，但是看上去很干燥。前刘海也是整齐地垂落在眉头之上，微微卷曲，露出两道浓密的眉毛。以典型亚洲人脸孔来看，虽然牛婶的鼻子不高，但也算挺直。可能因为长期在阳光下，又没有涂抹任何防晒产品。突出的两边颧骨上接触的紫外线比脸部其他地方多，除了比较黝黑也可以明显看到密集的褐色小雀斑。

现在是下午时分，牛婶的老公去了田里，两个儿子去了学校，剩下她在家缝雨伞赚点钱。突然不远处传来一阵自行车响铃的声音，是巷尾的祥婶从田里回来了。祥婶的小孙子最近两天有点小病，腹泻，昨天祥婶看见牛婶的时候聊到过。响铃声越来越近，转进小巷，第一所房子就是牛婶家。牛婶马上放下手里的雨伞和针线，生怕错过了什么似的，马上拿起身旁一个看起来有点泛黄油烟渍的矿泉水瓶。瓶子里面放了满满的白色粉末。牛婶冲到门口，打开那扇微掩的小木门，就看见祥婶正在单车上刚好拐弯进他们家那条小巷。这时候祥婶也看见了牛婶，脸上有一点点惊讶——牛婶怎么站在门口又看着她，好像在等她。祥婶习惯性地从单车上下来，还没开口，牛婶就把一瓶白色粉末递到她面前。牛婶用她响亮清脆的嗓音跟祥婶说："这个哇，我从小到大拉肚子都开水煮这个吃下就没事啦！用沙葛打成粉，很好用嘎哇！"祥婶也是一个憨直的人，爽快接受了牛婶的葛粉。

隔天，祥婶气喘喘跑过来，还没等她开口又说话，牛婶就端来一碗清水。祥婶顺手接过清水咕噜咕噜地喝下去，抓住手袖擦掉唇边的水，激动地说："牛婶，她可能要回来了！你的女儿，终于有消息了！"牛婶没有显得很惊讶，但她的眼睛里面很容易看得出来闪过一丝的期待，这份期待又好像有意无意地被压制着。之前牛婶也坐过火车到城市跟一些寻亲生父母的孩子做基因鉴定测试。第一次和老公去，第二次、第三次因为火车票太贵，牛叔不愿意去，牛婶只好一个人去。几次下来也没有成功配对的结果。本来家里就不富裕，从农村去城市买的火车票钱也是跟亲戚借来的，加上还有两个儿子在读书，牛叔劝过牛婶放弃，茫茫人海里可以找到的机会微乎其微，更何况今时今日是生是死也不知道。

牛婶有一个大女儿，在三岁时候有一天自己跑了出去玩，之后就没有再回来。有人猜是跑去石井那边玩掉了下去溺毙，有人猜跑上了山被山魅捉走，有比较实际的就说是被拐走当儿童乞丐去了……失踪开始的两天牛婶夫妇到处问人寻找，最后无果。后来牛叔跟牛婶说不要找了，这样天天去找，不能下田干活，家里粮食也不多，那时候二儿子刚出生。牛婶很清楚记得牛叔和奶奶说："不用找了，再生个儿子……"虽然牛婶心里还是想找到女儿，无奈家里穷，没有多余的钱财托人找，加上老公和奶奶都这样说，她也不敢再说什么。

日子一天一天过去，每次村长儿子回来，牛婶都会去找村长在城市外面工作的儿子询问有没有寻亲的孩子。这一次村长儿子回来，带来一个女孩。

牛婶跟着祥婶来到村长家，村长儿子旁边坐着一个清秀高挑的女孩，看上去二十来岁，有点黝黑的皮肤，深邃的眼睛和比较突出的两颧，扎着一条乌黑的马尾，是典型的中国人皮肤颜色和五官。一看见牛婶和祥婶进来她就起来打招呼，介绍自己名字叫玛格丽特，一说话才发现她的汉语好像说得不是很流畅。原来这个女孩是国外回来的，听说是耶鲁大学毕业，整条村子的人都讨论着他们村子来了一个外国名牌大学生来寻亲，很多家庭纷纷来认自己是玛格丽特的父母，说自己以前有一个女儿不见了。玛格丽特说她通过寻亲机构认识村长儿子，聊天中才发现村长儿子来自这个村，而自己对这个村子有印象，感觉好像小时候来过。玛格丽特说她听福利院的人说被送去的时候正在发高烧，退烧后醒来就躺在福利院的床上，康复后不久就被安排与一个美国的单身妇人见面，美国妇人见了很喜欢，办了很多手续，填了很多表格，给福利院捐了一大笔钱，就把玛格丽特接了去美国。

玛格丽特跟随村长儿子进来村子后，更加确定自己小时候在这个村子。但是因为高烧令玛格丽特不太记得小时候的事，很难靠讲小时候发生的事来认亲。于是村长儿子提议到城市里进行鉴定，有些人就悄悄走了，剩下几个家庭都说好，除了牛婶。她说她不愿意去了，大家都觉得很奇怪，之前都那么踊跃去，为什么这次就不想去了。这次连牛叔和奶奶都让牛婶跟着去做鉴定，奶奶还让牛叔给牛婶垫火车票钱去做鉴定，说是把耶鲁大学生女儿领回来。

起初牛婶很犹豫，后来经不住众人的劝说。她还是跟着去了。

这一天，在大医院的大堂里，几个家庭坐成一排等结果。结果出来了，这些家庭都没有拿到报告看。只有玛格丽特和村长儿子从医生房间出来宣布说，牛婶跟玛格丽特的基因相似度是最高的。虽然其他家庭没有配对上，但他们都替牛婶感到高兴。

回到村子里，很快这个消息就传开了。牛婶平常乐于助人，人缘不错，很多人都为她找回女儿感到高兴，纷纷买礼物到她家祝贺。牛婶的奶奶很高兴，拿钱出来吩咐牛叔和牛婶在村里设宴，请整个村子的人吃饭，让大家都知道他们家找回了女儿，找回了孙女。那天之后，玛格丽特跟牛婶说想跟牛婶一起在村子住几天再回美国，想要找回亲人那种温情。

　　每个人都知道牛叔家找回了女儿，每个人都觉得他们好幸运，除了牛婶。

　　那一天，牛婶无意发现，玛格丽特的尾趾是直的，而她女儿的，出生时就是弯的，遗传自她。

点
评

这是一篇叙事、构思都比较有节奏和完整感小说，直到小说的结尾，还读出一些欧·亨利的感觉来。篇幅不长，但有完整的故事。开头、发展、结尾都是"经验中的情理"，不易！

模
特

邝振邦

"我下班了，这几晚就麻烦你了。"已经是晚上十一时，店主拉下闸门，对坐在闸前椅子上的保安说。

"放心吧，陈小姐，锁匠过两天就会来维修了。这几晚都由我看着，不用担心。"保安坚定地说。尽管如此，店主还是担忧，但有人守着总比没人守好，她现在只能够相信保安。"嗯，那我先走了，辛苦你了。"

这只是一家再普通不过的小小时装店，不是什么名牌店，也不是连锁店铺，里面卖的只是二百多三百元的男女装时尚款式。店铺最吸引人的应该是所处的地段，位于中环的心脏地带皇后大道中——香港其中一条最繁华的街道。日间这里人来人往，挤满了在中环上班的打工仔和来自不同地方的游客，肩摩踵接，好不热闹。正是这样，价钱不太贵，位置又夺目，为商店带来不少的顾客。

不过，就在刚刚，店主正想关门的时候，察觉到闸门锁头坏了，门关不上。她急急地拨了个电话，叫锁匠来检查。怎料一看，锁的确坏了，但师傅没有新的锁可以换。这锁的设计很特别，师傅需要特别订造，要三天之后才能够修理。这该怎么办呢？这几天要找谁看门？于是店主拨了第二个电话，打去管理公司查询。经过多番请求，管理公司最后派了一位五六十岁的大叔来。就这样，店主离开了，这几晚看守时装店的重任，就交给这位大叔了。

夜深了，街上的行人逐渐稀疏。不少人加快脚步，赶往地铁站，希望赶上尾班的列车；也有人拿着便利店的便当，默默地走回公司，为公司的业务继续耕耘。盯着他们的，除了昏昏欲睡的保安大叔，还有灯柱、垃圾桶和时装店橱窗里的人形模特。

她就像时尚杂志内的模特儿，穿上店内时髦的衣服，搔首弄姿，向街外的人展示时尚的尖端；但与其他模特不同的是：她只有一个表情，一个动作，姿势摆得久站得久不怕累，身上的衣服饰物也不必经常更换。每天她的工作只需自信地展示自己，没有薪水，没有假期，唯一的报酬就是留在店里，获得继续展示的机会，不被世界遗忘。她没有思想，没有意识，没有信念，没有活动能力，双目定着，无神地望着街上途人的一举一动。

凌晨三时，街上再也没有途人和车辆，大厦玻璃反射的点点微光也所剩无几，而守着店铺门口的保安大叔早已入睡。街灯也逐渐变暗，但皎洁的月亮仍然发出温柔的光芒，照亮整个都市。这时，月亮正照着这位橱窗里的模特，月亮下的她显得更加动人，更加纯洁。

忽然，她的后腿动了一动，蹬起的脚放了下来；她的双手也动了一动，叉腰的姿势垂了下来；她的头也动了一动，稍稍倾斜的角度也伸直了；她的双眼也眨了一眨，呆滞的神态也没有了，取而代之的是一对明亮的大眼睛。

"我是谁？"这是来自她口中的第一句话。

她的外貌与普通的少女无异，只是长得漂亮一点，脚长一点，胸大一点。因为终究，她是一个模特，一个人类幻想出来的完美女人。现在的她，虽然是一个亭亭玉立的女人，可以流利地说话，但她的思想只是一个三岁的小孩，对这个世界充满了好奇。她望着街外的铁柱，为何高挂着一个发光的东西；望着街外的车辆，为何一个个庞然大物要放在路上；望着玻璃，为何她的前方会站着一个人。她伸手向前触碰，冷冰冰的感觉，而那个人也伸手向前，动作和她一模一样。她发觉无论做什么动作，那个人都会跟她一样去做。她试着把头伸前，但不慎撞到玻璃。"哎呀！"她大喊了一声。

"为什么那个人那么奇怪，我做什么，她也跟着我做。"她摸着刚撞到的额头，柔柔地说。她拧过头，望向商店里面，可是店内漆黑一片，什么都看不到。她摸着黑，蹒跚地走着，一直走着。

"哎呀！"又喊了一声。这次模特并没有撞到头，而是踢到了东西，踢到一个小沙发椅子。不知不觉，她已经走到时装店的中心，这里放着几张沙发椅子。店主的原意就是希望在客人享受购物的同时，也要照顾顾客的伙伴，让他们不会等到不耐烦。模特虽然踢到椅子，但不知椅子的作用。她摸一摸，软绵绵的，两脚竟然一起放在上面，像个刚学会爬的小孩一样。跪上以后，她觉得怪怪的，因为膝盖酸酸的，但她不管了，因为她看到东西了！街灯把微光反射到店里面，店面稍微亮了。她目光一瞥，瞥到一位帅气的男模特，坐在椅子上摆姿势。于是她把双腿垂下，模仿着帅气模特，摆着摆着，顿时觉得比刚刚舒服多了。

　　坐下以后，模特开始观察商店的环境，发觉周围布满一个个大的空心木箱，每个木箱里面有一个打横的圆柱子，上面挂着几个铁钩，勾着不同款式的大布。她摸摸身上的裙子，发觉身上穿着的都是这些大布，于是她就走过去瞧瞧。她拨着拨着，看到一条白色的碎花裙子。

　　"哇，这一套好美喔！"模特一边赞叹，一边把裙子从衣架上拿下来。对于美的认识，她还是跟普通女孩一样，有一种特别灵敏的触觉。她左度右量，思索怎么可以把这碎花小裙套进身上。她想到身上已经有一个束缚了，于是决定把它脱下。

　　穿上以后，模特回到了原来的位置。她望着那道向着大街的玻璃，那个人也换了白色碎花裙，而且还戴着一丝微笑。她这时才察觉，跟前这个人根本不是别人，就是她自己。只有微笑，才是证明自己自信的最强武器，慌乱只会令自己迷失，忘记自己最好的一面。她望着自己的样子微笑，感觉自己就是世界上最开心的人。

　　模特望着望着，突然她的微笑沉了下来。她除了看到自己，也看到店外面，看到街上的一砖一瓦。她想着，怎么外面空间会那么大，怎么店铺只有这么小的面积，怎么有一道墙把她和外边隔绝了……

　　模特想着想着，眼神忽然变得浑浊，四肢也变僵了。她停止了思考，没有了呼吸，她从一个美丽的女孩变回了塑料模特，再次站在玻璃橱窗里继续展示店铺的衣服，而这时已是清晨的六时了。没错，她的"人类"生活只有三个小时。

　　又是新的一天，太阳探出头来，开始它新一天的工作。整个中环就像热锅，辛劳的蚂蚁站在热锅上，匆匆忙忙开始他们新一天的忙碌。

大马路上的毛毛虫亦慢慢地蠕动，虽是只有数百米的距离，但需耗着更多的时间和力气才能到达。这个才是中环的真实写照。

繁华中喧哗的声音把保安吵醒了。他揉一揉眼睛，打了个大呵欠，伸了伸懒腰，看了看表，原来七点了，于是他站了起来。醒来第一个动作就是四周环望，确定没有人看到他刚醒来，尤其是那个唠叨的店主。确认没有人看到他，他又慢慢地坐了下来，翘着腿，手托着腮，等着下班时刻的来临。

"辛苦你了！我们今晚见吧！"店主检查时装店的状况，再三确定没有损失，就让保安离开回家休息。确认店铺大致平常之后，她正想开门做生意的时候，发现了橱窗模特的衣服不同了，明明应该是这一季最流行的款式，为什么模特穿着的是上一季的款式，而且姿势也不同了。"应该是店员搞错了吧。"她心里默默地想，并没有其他特别的想法，只是麻利地把正确的衣服换了上去，又把模特的四肢弄了弄。调整模特的姿势后，今天的生意就开始了。

来来往往，去去留留。从来都没有人站在这人来人往的街头，驻足观察每个人的一举一动。只有橱窗里的模特，站在时装店里，盯着我们。讽刺的是，他们没有任何思想，没有任何喜怒哀乐。到底"活着"这二字，适合他们，还是我们？

"今晚要继续麻烦你了。"十点了，星期五店主亦归心似箭，她只交代了这句话，就速速离开了。

店里又剩下保安一个，他依旧坐在那张椅子上，东张西望，漫无目的地按手机。这个周末他原本想陪伴他的女儿，无奈这扇门强制地把他留下。他从口袋拿出火机，一边按着手机，一边抽着香烟。香烟点燃的微光在漆黑中忽亮忽暗，烟灰烟圈随着风的流动，吹到街上，吹到空中。

凌晨时分，皇后大道中一片寂静，玻璃幕墙再也看不到任何的光点，停在街上的车的也所剩无几，大家都各自回家了。只剩下保安一人，坐在时装店的门口，继续托着腮，闭上眼睛，享受深夜的寂静。

凌晨三点，与昨天一样，模特又变回能动能跳，再次开始她短暂的生活。但不同的是，她拥有了昨天的记忆，记得昨晚在时装店里自己做了些什么东西。她记得玻璃的那个女孩是自己，她记得踢到一个椅子觉得很痛，她记得换了一条碎花裙子，她记得……

"对了，到底外面是什么样子的呢？"这是她早上即将变回模特的最后想法。没想到，她现在还记得。

"怎么我的裙子又变回这条，我不喜欢这一条。"她的确是一个少女，由昨晚的小女孩蜕变成少女了。她拥有对这个世界的批判，对这个世界的喜与恶。她麻利地走到昨晚的柜子里，找回昨晚穿的裙子，迅速地穿好。

模特回到玻璃面前，抚着这一块冷冰冰的墙，心里想着该如何离开这个地方。突然她看到店里的一块玻璃，但是合不了，与这一块好不同。她再瞧瞧玻璃的另外一面，有一个大叔坐在椅子上闭着眼睛。她知道，那里应该就是可以让她离开的地方。于是她慢慢地走了过去，慢慢地推开那道"玻璃"，慢慢地把四肢伸出去，再慢慢地关上它。

这本应都是"慢慢地"，但对于思想还是一个小女孩的模特，这可能比登天还难。事实上，她噼里啪啦，横冲直撞地过去了，幸好没有撞到保安，而保安早已睡得甜甜的，谁有本事把他吵醒呢？模特就这样跌跌撞撞，幸运地翻越了这道墙壁，将要探索这个对于她来说，陌生的世界。

模特走在马路上，没车，没人，只有她自己，这个城市仿佛只剩下她一位。

小孩对这个世界有很多疑惑，对这个世界充满了好奇，模特也不例外。她走到一个珠宝店旁边，看到展示的一粒粒闪闪发亮的钻石，很想伸手去拿，却被同样困着她的玻璃阻隔了。她又走到了附近的一间饰品店，看到展示着一对对耳环，很想伸手去拿，但也失败了。只能用那水汪汪的双眼，可怜巴巴地看着。

模特十分气馁，她不明白为什么这个地方，每间商店都要设置这一块硬邦邦，但又透明的东西，隔绝着她和那些可爱的货品，不让她触碰。她在时装店里可以自由地拿自己想穿的，拿自己喜欢的。虽然她从那个空间逃了出来，但她却得不到自己想要的自由。那种看得到、摸不到、拿不到的感觉，确实让她咬牙切齿。但其实，玻璃阻挡她的是贪婪，而不是自由。

只看到，但拿不到，最后只好放弃。于是模特继续往前走，希望可以发现些新奇的东西，让她大开眼界。

她走着走着，走到一个十字路口中央，仰望着天空。天空不是漆黑的、一望无际的天空，也没有皎洁的月亮和星星。她抬头望，只见高楼林立，密密麻麻的。每天活在这座森林里，感觉很不自然。

忽然，她听到一阵"吱吱"声，一股刺耳，令人觉得很不舒服的声音。这股声音越来越响，正朝着她驶过来。是一架手推车，上面堆着一大堆的纸皮，又厚又高，看不到推车人的影子。等推车走过来，原来是一位瘦弱的婆婆。

"小姐，这么晚你还不回家？"婆婆喘着气问。

"家？对，我的家在哪里呢？"模特在心里默默问自己。家，到底对于她来说，是一个什么意义。

"我出来逛逛，婆婆你在做什么？为什么你也不回家？"模特反问婆婆。

"噢，我在收集废物，把它们拿去卖，赚生活费。唉，现在生活困难，连基本的三餐食宿都有问题。"婆婆叹着气说。

模特不理解，不明白什么是生活。但是她却想了想。她看到这个堆满纸皮的车子，虽然她很怕弄脏身上的碎花裙子，但是看见那瘦弱的身影于心不忍。"不如我帮你吧！"模特爽快地说。

"你不怕弄脏你漂亮的衣服吗？"婆婆觉得这个少女肯定是跟她开玩笑，这么晚竟然有人出来帮她推车，而且是一个如此漂亮的女孩。

"我不怕。"模特说完，就立刻走到婆婆的旁边，学着婆婆，把双手放在推杆上。

"好的，谢谢你，小姐。"婆婆真诚道谢，然后就和模特推着车走了。

她们推着不只是一大堆纸皮，而是婆婆一天的生计。婆婆身上褴褛的衣衫跟模特漂亮的裙子形成鲜明的对比。在繁华都市的背后，到底有多少人仍要过着如此的生活？

她们推着推着，来到了这个城市的烟花之地——兰桂坊，来到了一家酒吧门口。

兰桂坊这个地方，不能说是邪恶之地。星期六，正是周末的开始，很多男男女女在这里喝酒跳舞，抛开工作的烦恼，醉了醒了就好像什么压力都忘了，是个逃离理性的地方。

"小姐，谢谢你喔。我去后面的巷子捡一捡。"婆婆握着模特的双手，衷心地感谢这位善良的少女。

跟婆婆道别以后，模特看到酒吧门口五光十色的霓虹灯，但是里面却是漆黑一片。"怎么这间店还开着呢？刚才很多都已经没有了。"模特心里想。她始终敌不过好奇心，沿着楼梯，进入了这个神秘的地方。

刚进入酒吧，就听到音箱发出那炸裂的声音，"轰轰轰……"震耳欲聋，加上吧内的欢呼声、尖叫声，模特感到十分害怕，这里和刚刚寂静的街上完全不一样。她看到那些人在一个较高的地方甩来甩去，不知道他们在做什么。模特调头正想走，突然有一个声音把她叫住。

"小姐，你自己一个人吗？"模特再把头转过来，原来是一位帅哥。

那位帅哥很像时装店的男模特，身材比例十分好，隐约可以看到壮壮的肌肉。模特看到这位帅哥，那两颗原本水汪汪的眼睛瞪得更大了。凭模特的身材和样貌，的确能在酒吧招来不少狂蜂浪蝶。

"是的。"模特羞涩地回答。

"那我可以请这位漂亮的小姐喝杯东西吗？"帅哥伸出手来。

"当然可以。"模特明白帅哥的心意，于是跟着他来到一张桌子前。

"麻烦要两杯啤酒。"帅哥叫来了侍应。

"啤酒……什么是啤酒呢？"侍应走了，但是模特不明白。

"小姐，别装了。你不可能连啤酒都不知道是什么，等一下你就慢慢品尝吧。"帅哥跟模特先卖了一下关子。他同时也露出了一个神秘的微笑，好像有什么盘算着。

　　侍应端来两杯黄色的液体，里面充满泡泡。模特把杯子拿起来望着，觉得十分新奇。

　　"干杯！"帅哥拿起酒杯，正想跟模特祝杯，但模特早已拿起杯子，迫不及待地尝了一口。啤酒那特别的口味在口中回荡，感觉绵绵的，很好喝。"很好喝，你也快点喝吧！"模特嚷着。

　　模特喝了一杯又一杯，侍应端来一杯又一杯，他们俩干了一杯又一杯，但那帅哥的笑容却越来越诡异。很快的，桌子上就排满杯子了。

　　喝着喝着，模特突然觉得很晕，不知发生了什么事，感觉整个世界都在旋转，但她依然继续喝，她从来没尝过这么好喝的饮料，或许这是她两天生命中的第一杯饮料吧。但最后，模特还是敌不过酒精的侵袭，"啪"的一声，整个躺在沙发上，动也不动。

　　"小姐，你还好吗？小姐，你还好吗？"帅哥大声地喊着，可是模特一点反应都没有。

　　"哈哈，今天总算捡到一个正货，不枉为我点了那么多的酒。"那位帅哥一边说，一边脱下外套，然后扑在模特的身上。这位帅哥终于露出他的狐狸尾巴，他只是在酒吧里狩猎，等待着一些无知的少女，首先把她们灌醉，然后……

　　正当他跟已经失去知觉的模特"缠绵"的时候，桌上传来"梆梆"两声，原来是侍应。

　　"咳，先生不好意思，快六点，我们酒吧快打烊了，麻烦你先把单结了吧。"侍应说。

色狼从钱包拿出信用卡，交给侍应，跟着他去柜台处理。他拖着已经昏迷不醒的模特，跟跟跄跄地离开桌子。"好，待会儿到我家，我们继续，哈哈！"大色狼兴奋地叫着。

正当色狼离开酒吧，把模特一步一步背回家的时候，他觉得忽然背上的模特轻了很多，不像是一个人，而只是一块木头的重量。他把"模特"从背上卸下来看看发生了什么事，发觉昨晚那个喝醉的少女已经变成了一个塑料的模特。他吓得大喊一声："有鬼啊！有鬼啊！"他随手就把模特丢在酒吧门口，头也不回，慌张地逃走了。

就这样，变回塑料的模特就被丢弃在酒吧门口。酒吧打烊了，没有任何人认领，也没有人把它带走。

"咦，怎么这里会有一个塑料模特呢？是哪家时装店这么浪费把它扔在这里？"原来是刚刚那个婆婆，她在后巷把所有废物处理好，再回到门口打算把车子推走。"咦，这个裙子很漂亮啊，不如拿下来给我的孙女吧。"她没有发觉这个模特就是刚才和她一起推车的少女。于是婆婆就把裙子从模特的身上扯了下来，把模特放在手推车上面，但后来她发觉模特太大了，于是就把她的四肢和头都拆散了。

"今天大丰收，捡了好多东西，也是时候回家了！"婆婆心满意足地把车上的东西都推回家了。

"喂，大叔你怎么在睡觉呢？"店主拍醒了保安，这时候已经八时了。她特地早些回来，看看店铺的状况，怎料就看到保安在偷懒。保安睡眼惺忪，打了个呵欠，然后懒懒地说："你的店铺肯定一件东西都没丢，没有人能从我面前走过。"

"我橱窗里的模特呢？我橱窗里的模特呢？去哪里呢？"店主大喊着，她看到了橱窗有一部分空掉了，只落下那件这季最潮流的裙子。

　　"没可能的，怎么会不见了呢？"保安询问着。他隐约记得在睡梦中听到一些声音，但醒来以后发觉只是汽车行驶的声音。

　　"会不会她自己逃了？"保安天真地猜测。

　　对的，她真的逃了，逃到那个再没有烦恼，再没有痛苦，再没有邪念的地方。

这是一篇"有趣"的小说。"趣味"作为小说
的审美，是作家的难度之一。《模特》让塑胶的模
特有了生命，能说、能动，和"人类"有了交流。
但作者没有写到这种交流的"意义"是什么，使小
说有了趣味，而丢失了"意味"。尤其小说的结尾，
几乎就是写作者善于思考的随意应酬。

柿子

夏萌遥

他的肚子好痛。他开始躺下。开始胡想。

过了一会儿他恍然大悟，那只柿子！那只肥大的柿子好像一个上了年纪的妇人，胸部和臀部都臃肿地下垂，只腰身略略收细好像一只被压扁了的葫芦。他刚刚不仅剥了她的皮，吸溜了她橘黄色的甜美肉体还把她和一只松垮的臭袜子一起扔到了不见天日的下水沟里。这是她的报复，报复他对她丑陋的无情嘲笑和对她命运的任意裁决。她提供了他饱腹的满足，他却扼杀了她回归土地的希望，从此化为一滩汁水，和常年阴笑的苍蝇及臭虫为生。

她的皮肤虽然衰老褶皱却还带着秋天果园的清甜，流着涎水的虫子闻香而来快意地啃着，用以滋养它们的身体，好继续干不可见人的勾当。这座城市干旱的天空几个月都挤不出一滴水来，而她黏稠的散发着年纪的沧桑味道的液体是它们最好的庇护。她被咬得千疮百孔、面目全非。不知道时间是几个月还是几年的流过。然后她哭了，为这毫无希望的结局。直到她意识到这泪水并不属于自己，而是来自仁慈的上天——一场慷慨的雨水突然降临，带走了黑暗中的一切：四处逃散的虫子，肮脏的排泄物，还有她枯朽皮肤被分解的残渣。这一场顺势而行的旅行来得多么不易，却又多么幸运！

她被这股雨水汇成的轻柔力量推动着走，从暗不见日的水沟流到一条不太干净的溪水里。夹杂着的泥沙和阴魂不散的袜子挡住了她的视线，但她还能睁着眼睛看着外头模糊的风景：这一树青涩的果实是昨天的自己，那一片坡地很像幼时的故乡。她从来没有旅行过，唯一的一次她坐在隆隆的卡车里，身体在崎岖的道路上毫无节奏地震颤，颠起的时候看到红彤彤的一片，都如她一样面容饱满身体壮实，这使她对自己的存在产生了质疑。然后她被带出了车厢，停留在一张生机勃勃的画面前，而她已经完全忘记了刚才的惊慌，颇为好奇地看着一路歌唱的鸟儿和连天吆喝的小贩，毫不在意身体的逐渐肥涨，直到有一天被一只年轻的、纹路未深的手掌抓走。

现在她觉得地势似乎越来越险峻，而溪水也变了脸色地往前冲。在这一日千里的速度中她还没有缓过神来，突然又发现自己被卷入了一个旋涡，在这斗转星移中晕了头脑，只觉得身体越来越沉重，被牵向黑暗的河床。往下看了一眼她立即被这景象惊骇：巨大的恶石，妖冶的水草，还有面容模糊的鱼儿的尸体。

等她醒来发现躺在了一颗宽厚的木头上，原来他适时的出现阻断了她被吸入河底的厄运，现在他载着她平稳地运行。他木讷寡言，她也安静地坐着，闻着独特的果香和木香混合的味道，这让她觉得心安又甜蜜。是了，虽然她成为柿子已经有一年的高龄，却从未尝过这种味道！在她还被挂在高高的树上时曾经看到周日下午的一支小船，一个年轻女孩带着骄傲的镶有白色花边的太阳帽坐在船头，身旁的男孩划着船一边温柔地注视她。

现在她对沿岸的风景开始有些厌倦，于是自说自话。"在我还没长成柿子以前，耳背的农场主常常站在树旁，'我老了啊。我老了啊。现在什么都听不清。'他是个干瘦的老人，皮肤没有像瀑布一样层层叠叠掉下来，但是头发只剩下几根。他总是那么沮丧，有时坐在果园里一整天看太阳东升西落而不说一句话。有时候他又为了证明自己的气力故意把砌墙的砖从一边搬到另一边。

"她的养女脸蛋胖胖，酒窝圆圆，壮实的身板带有剽悍的乡风。她经常骂他爸爸：'你真是老了！连屎都拉不直！还得我帮你收拾！'这话让我听了也十分难为情。更何况老人。他被年龄腐蚀的眼睛常常露出难过和愧疚。"

她很担心他会不会因为模仿姑娘的口无遮拦而轻视了自己。但是看到他饶有趣味地专心听着，于是放心地继续。

"有一天傍晚，老人把姑娘拉到了果园里。'你看我在十几年前把你从路边捡来……把你拉扯大……多不容易。'姑娘眼睛一瞪，一副你有什么废话快说的样子，无理的表情因为青春而生动。老人马上就失了底气，'那时候我还那么年轻……早起来充满力气……一个人从春天到秋天照料这片果园都没问题，丰收的时候还能给邻居家的果园帮手。谁不夸我能干？个个都想把女儿嫁给我！'他好像回到了年轻的时候，说出的话好像因为飘离了这副躯体而越发的轻快。'直到有一天抱起被丢在路边的你……后来我不是没有想过找别人……可是那个女人一进来你就哭……你知道的，我不是想要你的回报……就是……你看我……

我会给你找一个……一个好丈夫。但是你看看我现在……没有女人愿意到我的果园来……我那个时候那么有劲……一天到晚赶路干活都没有问题……时间为什么会没了呢？时间为什么会没了呢！时间怎么会没了呢！'

"他年迈的身体竟然爆发出这样大的力气！他一面粗暴地拽着她一面脆弱地叫道：'可怜可怜我吧！我就快要进坟墓了！让我干一次！就一次！'他的双手在空中飞舞，好像失去重心的杂技演员从钢索上掉了下来。

"'你这死不要脸的！'姑娘的唾沫被老人的干号淹没，我在树上颤颤巍巍。

"过了一会儿姑娘把脸埋下轻轻地哭了。'你说什么呢？还可以连着好几天摘果子。什么死不死的。'

"姑娘很快就出嫁了。走的时候她的花轿颠颤得那么急迫，好像怕新郎跑了。现在老人一个人坐在果园里，连骂他的声音都没有了。我很替他难过，但是我又为自己的成熟而高兴。很快我就可以离开老人的'21号果园'，去看看外面的世界。

"没想到一年后我被那只年轻手掌带到家时又看到了姑娘，原来夫妻俩发了迹搬到了城里，姑娘挺着肚子，脸色红润，又十分赶潮流的头发用红丝绸绑起，一副女主人当家做主的威武，显然对城市的生活十分满意。丈夫虽然早出晚归，却每天都带回点姑娘喜欢的东西，家乡的柿子、苹果也常买。

"但是丈夫的身体却总是显得孱弱，有时一个人的时候他会突然像愤怒的狗在桌上用力地扒，指甲折断了也感觉不到，然后在浓重的呼吸声中摔门离去。在姑娘快要临产的时候，我也已经成熟得饱满无比。

"一天，姑娘打开了丈夫忘记锁住的房门，发现丈夫颤抖的手和一支针管。在近乎噪声的沉默中丈夫抱住了姑娘瘫倒的身体。几天后他们抱回了一个婴儿，脸上却没有初为父母的喜悦。原来婴儿长得畸形，头颅异常得大，哭的时候也不像别的孩子洪亮有力，嘶哑沉痛得像一支二胡曲子。

"姑娘常常脸色冷漠。有时一个人坐在家里嗑着一袋瓜子直到呕吐。有一天老人来了，姑娘说：'活着也没什么意思了。他受我们连累，将来也是受苦的命。不如现在掐死他。'

老人原本已经颤巍的身体突然像沉默已久的火山爆发，'你有没有良心！我他妈养你容易吗！何况你是他亲妈！你说掐死他这么容易！你这狗娘养的！'老人在愤怒中已经失去了逻辑。最后老人说：'你不养我养吧。'姑娘蹲在地上，抽泣的身体像暴风雨降临时羽毛颤抖的鸟儿。"

柿子不知道的是，她曾生活过的果园，他也在那里长大。但是他比她知道多一个结局。于是原本安静听着的他开始说话了。

"老人带着那个头颅巨大无比的婴儿回家，他向邻居讨奶的耐心和换尿布的娴熟并不因为姑娘的长大而有所生疏，但是已经无力像年轻时那样背着孩子还能在果园里浇水除草了。所以他把果园托给邻居照顾，一心一意地看孩子枯黄的脸慢慢白胖。

"有一天暴风雨降临这片土地，各家各户从睡梦中惊醒急急忙忙冲向自己的果园，老人不愿一年的辛苦化为乌有，也撑起身体去抢救。

他几乎失聪的耳朵似乎突然听到婴儿绝望的哭声，于是在有所预感的泪水和雨水交杂中，憋着气奔回了家。在他特地布置的温馨的木床旁，一个巨大头颅的婴儿摔在地上，没有了声息。

"而在连夜的大雨和过度的悲哀中，老人的身体显现如同被虫蛀得荒凉，不是从叶子开始，而是从根开始。一个夜里他在暴风雨过后七零八落的果园里坐了一会儿，然后行动僵硬地倒在了床上。

"老人死后，姑娘用我做了一副棺材，将小的老的一起埋到土包里，连同她的过往一起长眠，她点起几炷香，在坟前磕了深深的头。不料几天后百年难得一遇的山洪暴发，我和两具轻飘飘的身体一起，被冲进了河里。"

正当柿子惊异他的来由时，湍急的水流把他们同时推上了岸，现在她最后的残留也因为长期泡在水中而消解，仰面朝着天空，她感到形体失去，一切都变得很轻，只有那一束几亿公里外的阳光飞来。一股复苏的力量推搡着她进入了另一个世界。

很多年后，一个人经过一片河岸，看到在腐木化作的泥土上，一颗柿子苗冒出了头，他暗黄的纹路坎坷的手掌抚摸小苗，想起了年轻时的荒唐和多年前似真似梦的幻想，痛苦又感动。

　　这篇小说的妙处是把人生之爱与坎坷的经历都赋于一个柿子和一棵柿树的命运。而那棵苍老的柿树，在和原来沦落的柿子相遇时，方知它们是"同树家庭"。于是，柿子在腐烂的柿树上获得了新生。小说以人和把人之命运与树与果的"家运"的结合之妙上。

　　但语言还未摆脱那种"规正的校园"味。

少爷

刘珀淇

自小，我便被继承自父亲的骄纵所累。记得在小学的时候，为了一份午餐的甜点，我与同班的小胖子起了争执。小胖子是个奇怪的人，每次吃饭，他都会把甜点揣在怀里，像是害怕别人来抢。看着他，就像看到邻家的芝娃娃，进餐一受打扰，便立即露出一副野兽的模样。那一天，我刚好吃饱了饭，想着跟不同人闲聊几句，研究一下宇宙行星运转的方式。要知道高深的物理思维，必须借助不同物品来具象化，所以我从小胖子怀中借走了甜点，好向其他同学讲解。谁知小胖子一挥手过来，竟把我搁倒在地。运用短短七年人生经历里的所知所学，我做出了一个判断。我强忍着牙痛与泪水，从灰黑的水泥地上爬起来，缓缓地走到校长室。半掩的木门，透出半边正在打盹的校长。伸过手去拉开木门，窗外的光令人晕眩。对于校长能在如此刺目的日晒下睡觉，我的确有点敬佩，若非在危急状况，我是不愿意唤醒他的。可是，我刚被打了，所以，"咳，咳，校长早安。"我像电视上的演员，在重要事情宣布前，习惯性地清清喉咙。一听到我稚嫩而高傲的声调，校长立马从睡梦中惊醒，身子差点从西洋进口的办公椅上掉下。他急忙稳住身子，双手紧握椅边，吸了一口气，说道："嗳，小少爷，真是不好意思。我今早处理了一大堆文件，累得不小心睡着了。怎么来找我了，有什么事吗？"我看着桌上一两张冷清的文件，轻蔑地说："我被打了，帮我处理。"

三天之后，小胖子被退学了，连校长也被辞退，而我仍在那狭小的课室里。

后来，我听说小胖子的甜点，都是留给她家中没钱上学的妹妹。现在想来，确实为自己的轻率行为感到后悔。为着这件事，我惴惴不安了好几天，但天生血液中带着的自傲，不容我在众人面前承认自己的错误。于是每天晚上，我总会辗转反侧好几小时，作为对他甜点出手的赎罪。我一直等待着一场审判，等待着有人指出我的恶行，好让我顺理成章地认错。可是奇怪的是，并没有任何人为我的过错而愤怒，他们依旧对我微笑，陪我打闹。

于是，我开始无意义地做不同的恶作剧。有一次，一位朋友在饭聚时携伴出席，那名女伴身材圆润，面色黝黑，全无一点吸引人之处。偏偏她的嗓音大得出奇，整顿饭唾沫横飞，说着与邻居相处不好云云，令人无法忍受。我看着桌子上吃剩的五花肉，被酱油染得乌黑，层层脂肪显得更是油腻，愈看愈觉得讨厌。不经思考之下，我用象牙筷子夹起五花肉，遁着恼人的声线，用力摔向女伴脸上。基于五花肉的重量，飞到半途已然掉下，跌撞入盛着虫草汤水的浅口碗，使其激烈左右晃动，把猪油、热汤都溅到女伴身上。看到狼狈的女伴，当下有点抱歉，口中却只说出了一个字："滚。"朋友先是有点愕然，然后转过头去责备女伴，说她讲话过于大声，内容无聊，"污染我们少爷的耳朵"。女伴边用纸手帕抹着汁液，边向我赔笑说道："少爷别生气，怕是我粗人讲话你不喜欢听，我不说、我不说。来，这个汤好，少爷多吃点！"看到他们毫无自尊地赔罪，更使我觉得不舒服，全无趣味。正如我在书中所读，"要恶作剧，必须得受惩罚，就因为知道会挨罚，恶作剧起来才有意思"。如今无人责备我的恶作剧，种种过分的行径反倒变成我的坏脾气。

如是者，我靠着父亲的权势与我的自傲，成了一个不成才的人。父亲从没为我的前途担忧过，在我一岁那年，他已安排好我高中毕业直至退休的位置。尽管我是一个不成才的人，在大企业内不用思考、人云亦云的位置多得数不完，父亲即便随便安插我在任何一个部门，结果都是一样。于是我进入了本地地产商的销售部门做经理，领取每个月一万元的薪水。

大概是安逸的日子过得太多，我在销售部门反而变得用功上进。每天早上，我都会早一个半小时出门，买一份餐肉鸡蛋公仔面配冰奶茶，在公司的透明玻璃房内边吃边盯着时钟，留意着谁早到、谁迟到、谁缺席。我掌握着他们的到来与离去，这是我在枯燥的办公室里唯一可做的事。我接任之后，由于我的无能，部门主管承担了多于以往一倍的工作量。虽然他辛勤工作，但规矩就是规矩，犯了错还是要承担。因此，在他累计三次迟到——尽管只是一两分钟——的过错时，我也要尽责地下指示辞退他。谁知数日后，主管竟写下遗书，在家中上吊身亡。事件闹得沸沸扬扬，因为遗书内容直指公司无良，忽视打拼多年的自己，而空降一个无能、无知、愚昧的董事长儿子来当经理，令他终日困身于工作上，压力日增。作为被死者责备的第一号角色，比起抱歉与内疚，我却感到一丝兴奋。在这以前，我做尽坏事，还是没有改变世界分毫；而现在，我的罪，竟导致了一个生命的消逝，我的努力，终于有了结果，全世界都定睛看着我的恶行，我终于能受责罚。然而，父亲却要我留在家里避过风头，同时花尽钱财，使得无论是报纸、网上论坛，还是电视报道，都改以其他话题取替本是城中热话的我。短短三天，我的名字，连带我的罪，便从搜索引擎中消失。

失去了自己的位置，回到过分平静的生活，实在使人失去冲劲，更感到疲倦。在这段时间，最有趣的大概是母亲从日本带来的三色猫——三助。三助生性暴躁，不爱受人照顾，每次女佣把高级鱼罐头端到它面前，它都会用前足把粉嫩的餐碟推开，扭头就走。当母亲想要抱起三助向朋友炫耀时，它总会用力挣脱，甚至用利爪抓破了好几身名牌衣服。孤僻而易怒的性格，逐渐使三助无人理睬。它肚子饿时，便纵身一跳，跑到街上寻宝。有一次，三助回来的时候咬着一串香喷喷的鸡肉，它灵活地钻过墙洞，缓缓踱步，走到我的身旁。我抱着双膝，看着三助快活地噬咬着肉块。吃过两三块后，满足的它舔舔嘴唇，咪咪叫了一声。突然间，它转身向我走近，紧紧贴着我的身躯，凝视着我。我看着三助黑绿交替的瞳孔，仿佛在这对小小的眼睛中有另一个世界。它轻轻跳到我身上，四处磨蹭着。它触碰我的双手、双腿、脖子、下巴。在我的记忆中，从没一人如此温柔地对待我。我感受着三助身体呼吸时的起伏，心脏温热地跳动，眼角忍不住泛起了泪水。后来不知怎的，三助离开了家门，再也没回来过。

在那之后，我决定要到英国攻读学士课程。母亲哭得不成人形，求父亲别让我走。我安抚着母亲，内心却想，连三助都已经离开，或许我也该闯闯世界。于是，我摇摇晃晃地登上了私人飞机，离开了我的家人。从飞机上小小的窗口看出去，母亲的身影朦胧地埋在云雾中。我站起来，奋力向母亲挥手。若此刻飞机还未起飞，我定会跑出机舱，深深地拥抱母亲。然而我已身处高空，身边的云层愈来愈厚，渐渐地，眼睛像蒙了一层薄纱，身体愈来愈轻，像要从窗户中飘出舱外。在一片朦胧中，我看见三助带着鸡串回到这里，我缓缓地抚摸它的后背，它回过头来，我们互相对视——这一次，我眼中的枯燥世界，终于变成了它眼中诱人、多彩的世界。

这是一篇让人耳目一新的小说，虽短，却写得幽默、趣味，人物与事件都在情理之中，行文也流畅自然。难得！

夫 妻

李小雪

"老婆子，快点。"声音从门外的一头传来，老头子一边说一边急忙按着电梯的钮。

　　老婆子不慌不忙地佝偻着身子去穿鞋子，慢慢地走出门外。老头子紧簇着眉头。这时，电梯来了，两人进去了。

　　有些人总是急急忙忙，他们是猎人，时间是猎物，总是不断地追赶着猎物。老头子大抵也是这样的人，喜欢把手表调快十分钟，总是比约定的时间早半个小时。他等不到下一个绿灯，左顾右盼地，带着急快的脚步走了。可是，走得快，还是得停下来等马路另一边的人。这样性格不同的两个人，却相处了逾六旬。

　　说起老头子急匆匆的性格可能是天生的。他在他的母亲的肚子才七个月，自己便迫不急待地出来了。小时候，他活蹦乱跳的，不肯消停一会儿。他的母亲生怕他走路时摔伤了或是被车撞到，于是总是把他的手牵得牢牢的。上学的时候，别的学生在课堂上总是嘻嘻哈哈的，他则不然，在课上就急急忙忙做别的科目的功课。到了大学，男生开始注意自己的外表，出外的时候要挑个衣服，喷个发胶。他也就随随便便从椅子上拿起一件看起来不太皱的衣服，穿了就出门了。他这样的性格自己过得坦然，也没有给别人添太大的麻烦。他身边的朋友和家人也都习惯了。

直到他二十岁的一天，他终于放下一次生活的脚步。

那天清晨，他如常地上课。早上的大学课堂总是弥漫着沉寂的气氛，空气也快要凝结。大概过了半个小时，忽然，从门边传来的开门声促动了每一个人的神经。一个女生手里捧着笔记、计算机还有食物，不紧不慢地走进教室。女生探头看了一下，坐在男生旁边的位子上。女生把手上的东西放在桌上后，慢条斯理地吃起早餐来。然后，女生开始整理起她的头发，她披着一头乌黑亮丽的散发，把头发梳起，露出白皙而细的脖子，男生便不知不觉地打量女生。女生好像有点察觉有人在看着她，便往旁边一看。男生惊觉女生在看着他，立刻看着桌上的笔记，双颊也泛起红来。

女生看着手上的笔记，皱着眉头，抿着嘴唇。她看了一下左右，带着微笑向男生说："不好意思，可以借你的笔记给我吗？"男生顿时羞涩地低起头来，只是回了一声："嗯。"连看也不看女生，把笔记递过去。

就这样，每一次上课，男生都故意坐在女生的附近。男生也因此开始注意外表，上课的时候也不仅仅忙活自己的工作，他仔细听课把笔记记下。

就这样过了一个学期，他们经过无数的擦身而过。男生始终没有表达他的情感。

新的学期到了，男生开始上他研究生的课程也当起了助教，他也没有再多想女生的事。第一天上课，大家都在听课的时候，有人把门给打开了。男生的神经比起每一个人都要敏感，他假装不经意地看了一下门的方向。然后他叹了一口气，表现得很黯然，显然进来的不是他心中的那一个人。

　　男生所在的学院在每个学期的开初都会有教授和学生的聚会。男生也随着教授一同去了。男生对于这样的聚会其实很不习惯，他们安排了几个教授跟一群学生坐在一桌。男生走向座位的时候，有一个熟悉的身影跟随着他的身后。他回头一看，是一张印在他脑海的脸庞，他的嘴角不经意地往上扬，但又不敢表露得太明显。男生很珍惜这次的机会，在聚会不断地和女生聊天。他们交换了联络方式，初时会在学校里讨论学业，慢慢地他们开始约会。

　　他们两人的关系依然扑朔迷离。已经是很晚的时分，男生送女生回家，他们两人的身影存了一条小光影，就这样慢慢地走。即将要走到女生的家，男生停下他的脚步，女生转身看他。两人站在漆黑的马路旁，他们的影子交迭在街灯的光影中，微弱的灯光照射男生的面庞，女生淹没在黑暗之中。男生羞涩地问："你愿意跟我交往吗？"女生没有出一点声，男生知道他问得有点唐突。男生接着说："你要是愿意的话，就点点头，不愿意的话就摇摇头。"女生有点反应不过来，摇摇她的头。然后她意识到自己的反应不对，身体往前倾。街灯的灯光洒在两个人身上。女生羞涩地点点头。男生顿时觉得女生的反应很可爱，又同时觉得很高兴。这是男生第一次花这么多时间追逐他想完成的事情。

他们就这样开始交往。可是男生的性格还是改不了。每一次出门，还是急忙忙地过马路，女生总是上前去牵着他的手，然后有点气恼地说："走路就两个人好好走，别丢下我一个。"

　　大学时代的恋爱像是秋风扑向面庞，自然而舒坦。他们有时候连课都不上了，逃课去看他们喜欢的电影，去吃喜欢的东西。从前男生只会和朋友打完球后，去吃快餐，大不了就去吃个火锅。自从和女生交往后，他们两个人会去餐厅。男生进了餐厅后，很自然而然地就点了一杯可乐，就会被女生喝止说："我们在西餐厅，不要点可乐，点咖啡。"咖啡来了，男生就大口地喝了一口。女生便露出鄙视的眼神，说："咖啡不是让你这样喝的。"男生似懂非懂地点点头。以后每次进餐厅，都依着女生的话。

　　甚至，他们会学其他情侣一样，到郊外去野餐。即便是酷热的天气，局促难受，被蚊子叮得到处都是肿包，但吃着一起做的食物，依然觉得无比幸福。到了女生的生日，男生把平常攒下的零用钱和打工的钱，给女生买一份不是那么昂贵的礼物。但对于一个大学生来说已经是很好的礼物。女生却显得有点失望，并非是因为礼物不够昂贵，而是她期待的是一份更有心思的礼物。

　　女生这种跟随自己步调的性格似乎没有完全感染男生。随着学生时代的结束，纯真的时光也慢慢逝去。他们开始忙于工作，女生不习惯在社会工作时的拘束，而男生则在工作上打拼。两人对于生活的观念渐渐开始有了摩擦，有时候会吵吵架，但也没有为他们的感情掀起太多的波浪。在忙碌的时候，他们晚上就通个电话，偶尔还是会出来见面。

男生从前放慢的步调随着日子而加速。

　　又过了几年光景，男生似乎在他的爱情中不如他的性格一般。而女生虽然总是不慌不忙的，每当亲朋好友也不断催促的时候，她总说："结婚不结婚也没差。"确实对她而言，她喜欢随性地活着，但随着身边的朋友开始有了自己的家庭和孩子，让她在结婚这件事上显得忐忑不安。

　　一天，男生与母亲外出，他已经比母亲高了，母亲就像他的小情人一样绕着他的手臂。两人找了一间餐厅用餐。母亲的模样沧桑了不少，头发也染了霜。她对儿子说着说了很多次的话题："你都快三十了，怎么还不快结婚，好歹有一个人照顾你……"男生只会嬉皮笑脸地装傻，回了一句："知道了，知道了。"男生看了一下手机，接着说："母亲要不我就先回去，公司还有点事，待会你就坐出租车回去。"母亲也拿儿子没有办法，无可奈何地说："去吧。"

　　男生出了餐厅，肩膀放松了，叹了口气，就回到办公室去。过了没多久，他的手机响起了，电话一头是不熟悉的号码。男生不疑有他地把电话接了起来，而话筒传来："是李先生没错吧，你的母亲刚才出了车祸，你不用担心，只是皮外伤……"男生听到了消息后，全身的神经抽搐了一下，心跳也特别快，脑中浮现了不少的画面。待他回过神来，便立即赶到医院去。

　　他到医院探望他的母亲，女生收到男生的电话随后也到了。男生的思绪依然很混乱，还没有镇定下来。待他看到母亲的状况安好时才松了一口气。就在一切都看似很平常的时候，男生突然冒了一句："妈，我要结婚了。"男生把女生的手牵着。女生怔住了。

两个人纷纷扰扰的最终还是走在一起。

　　婚后的生活其实没有为他们起了很大的涟漪。女生后来为他生了一个男孩，让他高兴不已。

　　男生忙于工作养活家庭，但他还是对孩子负起责任。可是男生对于孩子的教育常常表现得很急躁，孩子在写功课的时候，他在旁边看着，刚开始的时候他会提醒自己要对孩子有耐心。他看到孩子把答案擦了又擦，心里其实有点憋不住，但又压了下来。他问孩子："你是不懂得怎么做吗？"孩子烂漫地说："老师说不能写出格子外。"男生看到孩子为了无伤大雅的事情执着，日子久了便显得很不耐烦，甚至会责骂孩子。女生这时候就会出来维护孩子，说："行了，你到一边去。"男生自讨没趣，就到一旁去。

　　男生其实还是很疼爱自己的妻子和孩子的。虽然他们出门时，男生总是走在前面，只可隐隐约约看到他的背影，但他偶尔还是会回回头，看看孩子和妻子。女生其实也受不了男生丢下她和孩子，偶尔还是会说说他。但女生在当了母亲以后，变得更为稳重，已经不是以前随心所欲的小女孩。女生牵着孩子的手，一步步追赶丈夫的步伐。

　　渐渐地孩子长大了，已经不像以前一样依赖着父母，也不用父母操心。可是这样反而让他们倍感寂寞。他们于是在生活上更依赖着对方。的确，相处不是为了改变谁，也许有的人一辈子都不改变，也许有的人改变了一些。这些都是自然而然地发生，正如急匆匆的男生还是会停下脚步看看他的亲人，也是因为这样，他走过的风景或许是减少了，却仔细了。而我行我素的女生也因为身边的环境，放弃了自我，但也学会照顾身边的人。

　　老头子在马路的一端停了下来，回首看看马路的另一端。老婆子疾步地走着终于追赶到老头子，气冲冲地说："只有我们两个人，你急什么？"话虽如此说，手还是绕着老头子的手臂上。

　　这篇小说相当质朴，在细微处捕捉人物与情感上尤好，看到结尾这对老夫妻过马路如小说之初的一笔，真的让人心动。让人想到小津安二郎电影。短短篇幅，着笔一生，不易。

狼

Wai Yu CHOI

狼群住在深山里，而我们住在村里，相安无事多年，其实村里的我们也并不太知道它们的存在，只是每当月圆之时，总会听到一声又一声让人颤抖的狼嚎，方才想起另一头，有不一样的它们存在着，诡秘吸引人去探索，却又不敢。对于它们，我只有这样的认知。

　　还记得那年干旱了好久，老天不愿施舍一滴雨，幸而村里的井够深，勉强还能应付村里老老少少的人，日子还是寻常那样地过，多的似乎只是炙热日头下泌出的密密麻麻的汗。直到那天晚上，一切开始变得不一样。

　　山里的动物熬不过来吗？不然它怎么会冒险跑下山来猎食。它是一只公狼，干巴巴的，看得出很久没饱食了，暂且就叫它疯狼吧，毕竟它给我的第一感觉就是疯，那种不要命的疯。事情是这样的，那天晚上父亲被院子里的鸡给吵醒了，乱哄哄地让他以为遭贼了，于是便拿起棍子往院子里巡视，却是一个人影也看不到，隐约间父亲说他看到了一个类似狗的动物，但那分明又不是狗，狗的眼睛不会发出那样的光芒,嘴角不会带着血。"狼来了!"我还记得那夜父亲高昂的尖叫声。是的,一匹狼闯进了村子,咬死了院子里的鸡,还抓伤了父亲,叼着奄奄一息的鸡跑了。

村民们当然不会善罢甘休,势必要抓住这伤人的畜生。村长说,狼的听觉非常灵敏,甚至可以察觉秋天落叶的声音,而且有传说狼害怕弦乐器的声音。一场动员全民的捕狼活动就此揭开序幕,村民当天就设好陷阱,会乐器的妇女们躲在门内埋伏,壮汉子则手握斧头铁棍准备。终于等到半夜,果不其然,疯狼又来了,从窗外看去,这次的它似乎更小心翼翼,一点声音也不出。它敏捷地跳进鸡圈,还不等它扑向那鸡,村民们便一拥而上,拿着斧头往死里砍。疯狼马上躲开。此时,屋内传来了悠悠的弦乐,疯狼一瞬间便恍惚了。趁着这个恍惚的空隙,村民们顺利地捕获了疯狼。我在门内看着,说不出什么感觉,我只知道,斧头砍向疯狼的刹那,我的心颤抖了一下,我并不悲伤,只是想放声大哭一场。

我以为事情就这样结束了,可是并不如此。打胜仗的村民似乎很以此为荣,不知怎的,一切开始走向一条奇怪的路。短短一月间,壮汉子们带着最锋利的刀具上山,带回了一具又一具的狼皮回城里卖,这是路西法效应吗?不坏的人渐渐地做了坏事,并且愈做愈上瘾。他们用最卑劣残酷的手段杀了狼,看着它的血一点一滴地流光,看着它痛苦呻吟而丝毫无不忍,在它清醒的情况下扒光了它的皮,在母狼面前生擒公狼,在狼崽面前捅死母狼。懦弱的我依旧保持沉默,这不是我做的,这是他们干的坏事。人性本如何呢?善恶之间如此模糊,环境的压力会让淳朴的村民干出可怕的事情,就像我从来不觉得邻家的大婶忍心亲手把狼皮撕下。每每看到这些我都觉得心里毛毛的，却不曾劝阻父亲停止这样的事情，毕竟，狼曾经伤害过他。记忆深处，有纠结混乱的影像，暗示着我和狼有某种联结，为什么我觉得它们看我的眼神不一样？它们想告诉我什么？应该是我多心了。人难免有恻隐之心，女子更是软心肠，我这样安慰自己。

狼和村民之间的战争就要开始了，月圆之日，狼嚎之时，全村的人都会上山，村民们说好要一起收俘全部的狼，这样村子就有钱了。我依旧保持沉默，这一次，父亲没让我待在屋里，他给了我一把刀，要我在他后面掩护。他叫我不用担心，只要跟着他，卖了狼皮就有钱给我做风光的嫁妆，找到好人家，父亲就了了心愿。我一点也不想去，我厌恶血腥的画面，但始终拗不过父亲，只好答应了。

我紧张了一天，是心反复收缩揪着的紧张，脑子无法运作，而直觉也感受不出任何东西，行尸走肉般跟着父亲走上山。嗷，一声又一声地狼嚎响起，却不比从前，明显比过往弱了很多，毕竟，这个月内死了那么多狼。带头的汉子大吼一声，便拿着铁棍敲向前面的狼，乱战开始，没人得闲看顾我，早已不见父亲踪影，我只好慌乱地躲在石头后。此时，一匹狼崽被不知何时弹到我怀中，我讶异地看着它，不明白为何它会相信我，它蜷缩在我怀里，试图寻找庇护。村长气势汹汹地冲到我面前，质问我为何不把狼崽给杀了。我依然沉默，却把狼崽抱得更紧了，一旁的母狼冲我点了点头，我也点了点头。就在这时，村长突然大力地把我一脚踢开，一刀砍向狼崽。"不要！"我终于出声，却无法阻止狼崽的血汩汩地流。呼吸急促的我无法做出任何反应，此情此景，如此清晰。我这才想起村长说的话，狼群以核心家庭的形式组成，包括一对配偶及其子女，有时也包括收养的未成年幼狼。狼群不仅仅收养幼狼！过去，很久很久之前，在被我遗忘的过去，它收养过我！曾经，生我的人把我遗弃在山林，像村长举刀杀狼崽那样，也想杀了我，是疯狼它们救了我，是母狼喂养我，是它们在夜深人静之时把我送到孤身一人的父亲身边，所以我才对它们的眼睛有记忆！

嗷，其他的狼悲哀地嚎叫，接着便疯了般地抓起山崖旁的草药吃。狼满嘴的草药，露出锋利的牙，扑向了村民，它也不顾斧头如何用力地砍进它脆弱的背，只是义无反顾地咬着村民，直到在每个人的大腿上都留下了痕迹，才恹恹地倒下，却依然不瞑目。不，它们不是被砍死的，嘴角的血透着紫黑的颜色，它们是被毒死的，那些草药有毒！堆积那么久的欲望，终于爆炸了，一个也不留，狼死了，村民死了，只剩下我和奄奄一息的母狼。

我愣愣地看着母狼，终于唤起了那段沉睡的记忆，读懂了它的话。"等我们都死了，你就把所有属于森林的东西都烧掉，好好地找个地方，重新开始。"她对着我说，我默默点头应了。轻轻地将她细瘦的爪子合入掌心，奢望挽留最后的温度。看着满目疮痍，我的泪不受控地流着，都没了，一切随着火花吞噬。"把所有属于森林的东西都烧掉。"我就是森林的孩子，想着，我也缓缓走进火海。

那是一场汹涌无比的大火，远远望去火光映在天上似乎要将半边天空焚烧殆尽。一切的一切盛开在火海，空气中是浓浓的草药香和炭烧味相间的味道，呛得人直掉眼泪。火光里连飞过的大雁也在随之鸣咽。干旱了那么久,老天终于肯降甘露。明明下了一场持续整整半夜的大雨却没能将这场大火浇灭。好一似食尽鸟投林,落了片白茫茫大地真干净!

尘归尘,土归土。来世,我不愿为人。

点评

　　一篇不长却令人动心的好小说，人的兽性、狼的"人性"，彼此交织比对，相当感人，就是"我被狼抚养"的情节有些突兀，但多有散文韵味的叙述还是可以补埋这一点。名字叫《狼性》呢？直白了。

后记　一个大小说家和他的学生们

蒋汉阳

九月初，阎连科老师发来简讯，嘱我为创意写作课的学生习作选写一篇评论。我想，今年对阎老师而言是收获的一年。由于 2013 年刘再复教授和刘剑梅教授在香港科技大学创立了"创意写作项目"，香港科大赛马会高等研究院、人文社会科学院、人文学部于 2015 年聘阎连科老师做"冼为坚中国文化客座教授"，在科大教授一门创意写作课，让我们科大学子有幸面对面地聆听他的指教。在这堂课上，他把自己对十九世纪世界文学的看法和盘托出。作为他的助教，我见过他为课程准备的厚厚一沓手稿，也曾听过他循循善诱，启发学生的写作思路。一个大小说家登上讲台传授技艺，和批评家的任务有所不同。我们写评论、作文本解读，关心的是形上真理、作家、作品和读者的互动，从来也不能指导写作；阎老师是亲历而为的实践者，自然更懂得创作的个中滋味和过程的幽微曲折。在这点上，他和写了《小说的艺术》的昆德拉、《文学讲稿》的纳博科夫、《新千年文学备忘录》的卡尔维诺等人差堪比拟。虽然他在课上从不以其一家之言为圭臬，但他的丰富经验和广泛阅读量，着实可以令写作新手受益匪浅了。

我读了学生的习作，得出这样一个笼统的印象，那就是年轻作者的视野，较之前辈们更开阔，这当然和他们每天接受的大量资讯有关。他们不必背负国破家亡的累赘，也无须在字里行间寄寓一种悲情；既是习作，没有市场和读者期待带来的压力，大可以从容下笔。这是优点，也是优势。好多现代中国作家，不分男女，总喜欢追求一种情感效应——曲终人散，要么升华为超凡入圣、要么赚取读者几滴廉价的眼泪，有时候叙事之芜杂混乱，真是不堪卒读。作为批评家，有责任对初出茅庐、有着无限潜力的写作者鼓励一番，因为谁也不知道，过多的苛责会吓退多少尚在萌芽中的艺术家。他们对写作都怀有宗教般的虔敬，这样的品质在当下已经是难能可贵了——不说写，现在谁还读文学作品呢？

书里的二十多部短篇，作者有大陆学生，也有香港本地的，可传递出的文化幅度和人生智慧，乍一看倒也无分轩轾。总体来说，"逃离"是常见的主题。逃离的主体可以有人，有陈列在皇后大道橱窗中的人形模特，还有大鹏鸟；逃向哪儿呢？可以是"没有路灯、昏暗的温州街"，也可以是"母亲的肚里"。有人说，人生总也在逃亡，此言不虚。逃离是获取自由的方式。我们常常在电影里看到这样的镜头，一个人沿着狭长而黑黢黢的廊道跌跌撞撞地前行，尽头仿佛若有光，一旦走将出来，便是满世界的敞亮。而我们的年轻作者们似乎不按常理出牌。像《逃》的主人公，就算跑到天涯海角，甚至全人类共同逃亡的那一刻，也未能找到合适的落脚点，只能不断地跑下去。一路上，她目睹紫蓝色的天，脑海里翻腾着的却是铺天盖地的广告垃圾、变异的人型、灰尘样的空气，最后只能做一个"活在时空与时空缝隙之间的幽灵，游荡着，徘徊着，一遍遍抚摸，亲吻，拥抱自己的曾经"。生态批评家罗伯·尼克森（Rob Nixon）尝提出"缓慢的暴力"的概念，直指一种看不见摸不着，但又无时无刻散落在人类日常生活中的威胁；而艺术家的任务，就是使用醒目的视觉意象，追寻隐而不彰的暴力踪迹，把无形变为有形。《逃》的作者正是用一浪高过一浪的文字堆砌，反讽地对应了这个信息爆炸的时代。小说结尾处，她乘坐时光机回到母亲的肚子里，"悄无声息静静缩小退化为肉眼难见的受精卵"。血淋淋的退回母体的场景描写，让人想起于坚的长诗《零档案》："**扭曲/抓住/拉扯/割开/撕裂/奔跑/松开/滴/淌/流/这些动词/全在现场/现场全是动词/浸在血泊中的动词**。"此时的"你"依旧低回不已，还在追忆什么、眷恋什么，以至于归于尘土的夙愿，不过是虚妄？值得一提的是，这位作者还用她一贯针织绵密的语调，叙述了《离》。这回，恐惧的对象成了比"缓慢的暴力"更加可怕的人群和流言。

　　同是出逃，《该隐》的作者另辟蹊径，讲了一出寓言。熟读圣经故事的读者，必然知晓那个好勇斗狠、被上帝驱逐出人类群居地的莽夫。而此处的该隐则是一只不合群的大鹏鸟。一只名为玛丽的母鸡将它孵化出来，却不曾想因为个子太大的缘故，引起群鸡的敌意和欺辱，直落得个畏首畏尾。某日该隐被天上飞过的巨鸟吸引，勾起了它直上云霄的念想和身世之感。它数次想逃离鸡舍，甚至还害得养母玛丽惨死，终于在又一只大鸟的召唤和帮助下，"两翅一展飞了起来"。相比那位骁勇残忍的人类祖先，小说中的该隐平添了几分善良，但也绝不屈服于他人异样的眼光，是一个真正拥有自由意志的行为体。腾飞的意象，国外如马尔克斯的中篇《巨翅老人》，国内如莫言的短篇《翱翔》，都有所触及。我想，他们一定都不满足于“高墙上的四角的天空”吧？

该隐追着大鸟，“看见了比萤火虫更明亮的灯火”；当夜深人静，整座城市在黑暗中盹着了，一切本没有生气的物体就出来四下活动。《模特》叙述的便是我们常看到的“博物馆奇妙夜”；我们也不会忘记在荒诞戏剧中，设置人型模特来代表僵硬和不协调。可这回，模特自己苏醒了，一句“我是谁”启动了叙述的意义：她带着涉世未深的好奇和勇气，推开玻璃，在城市的街头巷尾闲逛，甚至还帮一位收集废品的婆婆推起了垃圾车，直到在兰桂坊的酒吧门口遇见了位“青须公”。正当后者试图下药奸杀之际，模特变回原型，朝阳已经升起，什么都没有发生。最触目惊心的，莫过于收废品的婆婆“把模特的四肢和头都拆散了”——是在暗示人的健忘？一个细节：模特在进入酒吧前，“听到音箱发出那炸裂的声音，‘轰轰轰……’程度震耳欲聋”。人的世界群魔乱舞，反令“模特感到十分害怕”。活泼泼的生活姿态变成了自动运行的机械装置，每个人都听凭习惯势力任意摆布。那么，究竟谁是人？谁是提线木偶？

我愿把逃离看作这些年轻作者们面临的人生困境。而逃离，不单指一种青春年少的叛逆宣言，更指向一种漂泊不定、无以依傍的惶惑。对于前来香港求学的大陆人来说，他们是异乡人，语言隔膜，生活不易；对于香港本地人来说，未来在哪里，也未必可知。更不用说已经在香港定居的大陆人，好比《花样年华》里挤在旧式唐楼中的上海难民，其辛酸和挣扎，又有谁人知？我以前看过郑国伟编的《最后晚餐》，其中有句台词，反复咀嚼，仍意犹未尽："有一天我睡不着，起身看着窗外，发现对面的大楼很多灯都亮着，好漂亮。我突然想，如果我把床头这盏灯关掉，其实什么都不会改变。少了我这盏灯，香港还是这么漂亮，还是东方之珠。"我们都是小人物，是那点燃熄灭过程中的渺小一瞬。《四年》写的就是一位大陆人落户香港，盘下了一家糖水店。他终日站在柜台后面，观察着一切人来人往，因因缘缘。这四年是他的一位大陆学生顾客从最初入学到毕业工作的四年。而两人熟识的契机，便是一起抬头望星空：

"我看向此时正专注望着天空的她，年幼的、快乐的面庞在昏暗的灯光下，轮廓清晰，光芒耀眼。我也像她一样年轻过吗？也会因为看到星空而欢呼惊喜吗？也会满心期待自己的未来时闪闪发亮的吗？想想看，我已经多久没有抬起头看过星星了呢？"

星空让人不禁喟叹时不我与，年岁的增长消耗了年轻时的不羁，而"我"看着"她"，就像是在看镜子中的自己。

与《四年》缓慢细碎的叙事节奏不同，《香港病人》以一个洁癖患者的意识流动，编织了一出骇人的"病的隐喻"。一般认为，疾病在体制的演绎下，指向一种道德批判。相反，这部短篇似乎并不以政治的高蹈为意。女主人公为了保持家庭的整洁，"使用一比五十的消毒药水清洁地板，再以清水再抹一遍，来回做大约三次"。到后来，愈演愈烈的强迫性官能症发展成自认有病的妄想狂，直追娜塔莉·波特曼在电影《黑天鹅》中塑造的尼娜的形象。她全身赤裸冲出医院，大胆地在大街上走，罔顾纷纷侧目的路人。遗憾的是，她的病体最终屈服于她在昏眩中看见的"男人的身影"，只能拾起陌生男人留下的烟蒂，"在这坟墓般安静的夜，吸吮着无法张扬的情感，呼出了泪"。作者摇摆不定的女性立场，也正如她的自白所述："喜欢思考而且有许多矛盾的念头，经常萌生奇怪的情绪。所以我写作。"同样立场暧昧的还有《秋日》。作者对人的隐微心理体察不可不谓不深，描状人的生理触觉细腻精确，但是文末用亲情的"柔软"来冲淡一位中年女人的歇斯底里，使得小说本应有的反思力量减弱了。

困境不仅来自人世间，还来自一个狭小封闭的《困井》。小说伊始一场地震，让三个人困在电梯里，霍尔姆斯案的伦理剧，似要拉开大幕。但我们的作者好像没来得及反复拷问三人的灵魂，就让他们一个接着一个成功逃生，最后留下"一道光线，微弱的从天花板的缺口中射下来"的光明的尾巴，收煞得稍嫌仓促。另一则短篇《狼》尽写人狼纠葛和随之带来的路西法效应："不坏的人渐渐地做了坏事，并且愈做愈上瘾。"只不过，或许是篇幅所限，作者本该将对峙的场面敷衍得更惊心动魄些。在这方面，莫言《红高粱家族》中的《狗道》篇，着实有足资借鉴之处。

《红与白》是整本作品集中最成熟的小说，尽管情节的转折安排显得过于匠心，也带入了太多的巧合。"红白喜事"是中国民间的习俗，面对天地不仁、人世劫罹，国人竟能用大喜来翻转大悲，道出这两种极端激烈的情感，或许本就是一体二面。小说运用四个视点——母亲、父亲、爱人、兄弟——讲述了一场车祸带给人的命运转折。四个主人公站在鸦雀无声的公墓前剖白一番，虽没有鲁迅的《药》那样留着安特莱夫式的阴冷，但也足够照出各个人的算计和心思：原来亲情纽带可以如此脆弱、如此利益攸关。小说终了处，我们仿佛看到了余华《兄弟》里李光头、宋刚两弟兄的影子。

以上的评述，是我对收入这个集子里的小说的一些看法。此外，我要额外补充一点，这些年轻的作者还是在校读书的本科生。纵使他们视野开阔，偶尔也无法冷静地审视自己的人生，停留在情感世界的表层，笔下的人物也常常流露出自怜自艾的感伤，叙事缺乏节奏与层次感。不过这些不足实在是瑕不掩瑜，只因为他们还年轻，所以社会经验的空白不得不用想象和臆断来填补。比起那些成为谎言和假话的同谋的"职业作家"，他们手握着——借用苏珊·桑塔格的话来说——"进入自由地带的护照。"最近陈国球教授出版了《香港抒情史》。他在《自序》中写道："有人在这个地理空间起居作息，有人在此地有种种喜乐与忧愁、言谈与咏歌。有人，有生活，有恩怨爱恨，有器用文化，'香港'的意义才能完足。"我想，阎老师和他创意写作班上的学生们，也为这座有情的城市发出了属于他们的呓语。

图书在版编目 (CIP) 数据

半笔海水 / 蒋汉阳编. —— 北京：北京十月文艺出版社，2017.7
ISBN 978-7-5302-1657-6

Ⅰ.①半… Ⅱ.①蒋… Ⅲ.①短篇小说—小说集—中国—当代 Ⅳ.①I247.7

中国版本图书馆 CIP 数据核字 (2017) 第 055933 号

半笔海水
BANBI HAISHUI
蒋汉阳 编

出　　版　北京出版集团公司
　　　　　北京十月文艺出版社
地　　址　北京北三环中路 6 号
邮　　编　100120
网　　址　www.bph.com.cn
发　　行　新经典发行有限公司
　　　　　电话 (010) 68423599
经　　销　新华书店
印　　刷　三河市三佳印刷装订有限公司
版　　次　2017 年 7 月第 1 版
　　　　　2017 年 7 月第 1 次印刷
开　　本　880 毫米 ×1230 毫米　1/32
印　　张　8.25
字　　数　158 千字
书　　号　ISBN 978-7-5302-1657-6
定　　价　25.00 元
质量监督电话　010-58572393
如有印装质量问题，由本社负责调换。